D《ド》R《ラ》D《ド》R《ラ》

（本作品はドラゴンクエストⅠからⅢのネタバレを含みます）

本陣達也《ほんじんたつや》は踏み台なしで本棚の上段に手が届いた瞬間、自分の成長を実感した。

「早くでかくなりたいって思ってても、目が覚めて急に何センチも背が伸びたりしねえからな。牛乳飲んで一ミリずつでかくなれよ」

中等部一年の春、流《みつる》はよくそう言って達也の頭をからかうように叩いたものだ。そんな小柄だった達也もあれから二年でようやく流の背に追いつきそうだ。

達也は大和郡《やまとこおり》山にある越天《えてん》学園の中等部三年で、訳あって奈良市にある実家を離れて影村《かげむら》寮に住んでいる。寮は古い建物のため空き部屋が多く、達也は隣室を物置部屋として使っていた。

物置部屋を整頓していた達也が一冊の本を抜き出そうとすると、軽い音を立てて何かが転がり落ちた。

「これは……」

転がり落ちたのはファミリーコンピューターのソフトのようだった。ゲームをしない達也にとっては取るに足らないものだったが、うっかり踏み割ってもつまらない。達也は抱えていた本を脇に置くと、ソフトを拾い上げる。

星海社 FICTIONS

さよならよ、こんにちは

円居 挽

Illustration／くまおり純

星海社

さよならよ、こんにちは　目次

それは『ドラゴンクエスト』、いわゆる初代ドラクエだった。

平和だったアレフガルドの地に異変が訪れた。いずこからか現れた竜王が魔を退ける光の玉を封じたために、アレフガルドは魔物の跋扈《ばっこ》する闇の世界へ変わってしまった。だが、そこに現れたのがかつてアレフガルドを救った勇者ロトの血を引く主人公。主人公は竜王を倒すために旅立つ……。

確かこんなストーリーだった。ドラゴンクエストというタイトルもおそらくは竜王に由来するのだろう。

「そういえばお前もドラゴンだよな」

「ドラゴン？」

「お前の名前にタツが入ってるじゃないか。まさにドラゴンだ」

ふと達也はそんな風に流にからかわれたことを思い出した。

あれはちょうど一年前、二年生の夏の話だった。


「暑い！」

瓶賀《みかが》流は達也の部屋に入るなりそう叫ぶと、勝手に窓を開ける。するとむせかえるような深緑の香りが鼻を衝《つ》いた。この香りが苦手で窓を閉めていたというのに。

「なんでこの寮はクーラー入ってないかね」

既《すで》に夏服にポニーテールという涼しげな格好なのに、それでは足りぬとばかりに紺のハイソックスを脱ぎ捨てていた。素足になった彼女は意気揚々と達也のベッドに腰掛けた。まるで自分の部屋のようだ。

夏休みにもかかわらず、ここのところ流は毎日のように達也の部屋を訪れていた。昼まで夏期補習を受けた後は、夕方の予備校までの時間をここで過ごすのだ。

「どうしてわざわざ暑い俺の部屋にまで来てゲームやってるんですか」

「だって駅前のゲーセンは閉店しちまったし、西友のゲームコーナーはしけてるんだよ。いくら郡山駅大好きっ子ちゃんのあたしでも立ち読みとハムカツだけで生きてられるようにはできてねえよ」

越天学園は郡山の山奥にある。そして最寄り駅の近鉄郡山駅には圧倒的に刺激が不足していた。

「だからって西大寺で降りてキャノンショットでゲームするのは何か違う。解《わか》るか達也?」

「もうお盆も過ぎましたよ」

流は高等部の三年生だった。進学校の受験生ともなれば寝る間も惜しんで勉強しなければならないのに、流は貴重な自習時間を達也の部屋で湯水の如く浪費していた。

ついこの間も野良犬を拾ってきたばかりだ。流は親とはぐれたその雑種犬をドラと呼んで可愛がったばかりか、達也が面倒を見るのを条件に寮の裏で飼うことまで認めさせてしまった。犬なんて全然興味がないのだが、流の命令だから逆らえない。

「許せよ。これが最後のゲームだ」

流は片手でごめんねをすると、自販機で買ってきたコーラを達也に差し出す。

達也は流に飲まされるまでコーラを知らなかった。初めて飲んだ時、その甘さと炭酸に痺《しび》れたものだ。以来、コーラは堅物の達也への賄賂《わいろ》として機能することになった。

「そう言ってもう五本もクリアしてるじゃないですか」

「じゃあ、これが最後のゲーム六本目だ」

「どうなっても知りませんよ」

達也はコーラを受け取ると、ゆっくりとゲーム機のセッティングに取りかかった。

学校の敷地内では私物のテレビやパソコン、ゲーム機類の持ち込みは原則禁止されていたが、監視の目の行き届かないここではあってないような規則だった。

「達也、復活の呪文《じゅもん》を教えてくれ」

達也は特殊な体質で、一度見たものを決して忘れることができない。だから流は中断する度《たび》に達也を呼び出しては復活の呪文を憶《おぼ》えさせた。

「リメイク版ならセーブできるけどよ、それじゃ味気ねえしな」

「俺はメモ代わりですか」

「許せよ。昔、写し間違いで結構泣いたんだ。その点、お前なら安心だ」

そう言って流は達也の頭をポンポンと叩く。

「今日でクリアできそうだ。これでもうお前の脳味噌の容量を食うこともない」

この能力のせいで厭《いや》な思いも沢山してきたが、達也にしてみれば軽く扱われるのはむしろ救いだった。

達也が暗唱してみせた復活の呪文を流が入力すると、勇者はラダトーム城に再誕した。

『おお　みつる！　よくぞ　もどってきてくれた！　わしは　とても　うれしいぞ。そなたが　つぎのレベルになるには　あと　211ポイントの　けいけんが　ひつようじゃ。レベルが　あがったときには　わしに　あいにくるようにな。では　また　あおう！　ゆうしゃ　みつるよ！』

勇者みつるはラダトーム城を出発し、竜王の城を目指した。

「そういや最初お前にやらせた時はびっくりしたぜ。ドラクエをあんな風にプレイする奴初めて見た」

数日前、流は早朝から部屋にやってきて達也を叩き起こした挙げ句、初代ドラクエのプレイを強要した。

「お前も正しい青少年として、ゲームに現を抜かすんだ。女に興味がないんなら、こっちしかないだろう」

達也はコントローラーを握らされた。まだ着替えもしていないというのに。

「……やってみます」

「補習終わったらどこまで進んでるか楽しみだ」

こういう時の流に何を言っても無駄ということはこれまでの経験でよく解っていた。だから勇者の名前をみつるにしたのはせめてもの抵抗だ。

「まさかゴーレムは倒してねえだろうな？　どれどれどこまで進んだかな」

どこか上機嫌で部屋に入ってきた流は達也からコントローラーを取り上げて、ステータス画面を開いたが、どうやら進行状況が理解できなかったらしい。口を半開きにして達也の顔を見つめて、こう訊《たず》ねた。

「お前、初期装備のままだけど、店行ってないのか？」

「店ですか？　いや……」

「ってゴールド全然ないし。無駄使いしやがって！」

流は達也の頭に頭突きを食らわせた。痛みは知れていたが、その勢いから流が少し怒っていることに気がつき、申し訳ない気持ちでこう告げた。

「……ドラクエってこのレベルっていう数字を上げるゲームじゃないんですか？」

「は？」

「遠くに行く程、強いモンスターがいるんですね」

ＲＰＧの基本を知らなかった達也はひたすら全滅を繰り返して、この数時間ただレベルを上げるだけのマシンになっていた。全滅していればゴールドが貯まらないのは当然だ。そんな達也の物言いを聞いた流は大笑いすると、頭突きをした箇所を撫《な》でて謝った。

「悪かった悪かった。ちょっと意地悪だったな」

結局、その後を流が引き継いでクリア寸前まで進めたというわけだ。

「初代ドラクエは少ない容量でここまでやっちまったことが凄《すご》いんだよな。これってしょぼい画像データ一枚分の容量なんだぜ？」

流は竜王に辿《たど》り着《つ》くまでモンスターとの戦いを避け続けた。ゲームに疎い達也にもそれが決戦まで無駄な消耗を抑えるためだと解った。

「復活の呪文だってそうだ。このソフトには記憶のための容量がない。だからそれすらも外部においた。各人のプレイ状況をたったの二十文字で置き換えることに成功したんだ」

「あれだけの文字に全《すべ》てが詰まってるんですか？」

「復活の呪文を入力する度に勇者が甦《よみがえ》る。職人芸だろ？　まあ、実際には復活の呪文を間違えて甦れないなんて事故もよくあったけどな。だけど勇者には連続性があるんだよ」

「勇者は電源を切る度に死ぬとも言えますね」

「でも復活の呪文も悪いことばかりじゃない。ソフトに記録する方式だとソフトがイカれたり、なくしたりしたらそれまでだけど、復活の呪文ならどこのソフトでも甦らせることができる。連続性だけでなく、不滅性もある。いわば不死だよ。古代エジプトの人間が聞いたら泣いて喜ぶだろうな」

「そうまででもしないと一個人に竜王は倒せないってことですか？」

「まあな。ノーセーブノーコンってのはしんどいし」

　ふと達也はここまでのプレイの記憶をざっと思い出す。そしてある疑問点が残っていることに気がついた。

「ところで瓶賀さんのプレイを見てても解らなかったんですが、竜王は何のために世界を征服しようとしているんですか？」

　達也の何気ない質問に流はコントローラーを握る手を止め、しばし考え込んだ。

「何のためだろうな。でも悪役の動機を描かないのが勧善懲悪の基本だろ？」

「それはそうかもしれませんが」

「ぶっちゃけた話、竜王の背景なんてこのロムには入ってないんだよ。さっきも言ったけど、初代ドラクエは容量がギリギリだからな。不要なものを入れておくだけの余裕がなかったんだ」

「竜王は生まれついての悪だったんでしょうか？」

「んー、どうだろうな」

いつの間にかゲームを再開していた流は生返事でひたすら先へと進んでいた。

「生まれついての悪か……それは違うかもしれないな……」

流はどこか上《うわ》の空《そら》で何かを考えている様子だったが、ふと達也の顔を見るとぽつりとこう呟《つぶや》いた。

「復讐《ふくしゅう》かもな……」

「え？」

達也が思わず問い返した時、勇者は城の最奥部、玉座らしきところに納まった何かに話しかけた。どうやらこれが竜王らしい。

『よくきた　みつるよ。わしが　おうのなかの　おう　りゅうおうだ。わしは　まっておった。そなたのような　わかものが　あらわれることを…　もし　わしの　みかたになれば　せかいの　はんぶんを　みつるに　やろう。

どうじゃ？　わしの　みかたに　なるか？』

↓はい
いいえ

そこで流は『はい』を選んだ。勇者らしくはないが、流らしい返事ではあった。

「気が変わった。クリアすんのやめだ」

「……そうですか」

達也には流の急な心変わりが理解できなかった。だが画面は勝手に進み、やがて復活の呪文が画面に出力された。

「この復活の呪文、覚えといてくれ」

やるすびあ　おのかここのへ
むゆるがご　すとね

達也は素早く記憶に叩き込む。達也が憶えたという返事の代わりに肯《うなず》いてみせると、流は台詞《せりふ》を送った。やがて画面は完全に静止した。

「達也、夏休みの宿題はもうやったか？」

「ええ」

「だったら、あたしからの宿題だ。この続きを解いてくれ。ただし、あたしが卒業してからな」

「解りましたが、どうしてまた？」

流は少しはにかんで言葉に迷った後、こんなことを言ったのだ。

「……何、大したことじゃないんだけどよ。お前が一人でゲームできるようになるかどうか心配なんだ」

結局、流が達也の部屋でゲームをしたのはあの日が最後だった。そしてこのゲーム生活が学業に響いたのか、流は浪人した。

流とは卒業してから会っていない。いかに達也と流の間柄でも浪人生を遊びに誘うのは気が引けたし、何より四つも歳《とし》の差のある二人が一緒にいて許されたのも越天学園という背景があってのことだと理解していたからだ。

実のところ、達也にはこんなところにソフトをしまった記憶はない。第一、あの当時の達也がしまい込むには高すぎる。きっと流が達也の成長を勘定してソフトを本棚に挿《さ》しておいたに違いない。

達也は換気のため、部屋の窓を開ける。奇《く》しくも時は八月、あの時と同じ。深緑の香りも同じだ。約束を果たすには悪くない日だ。

達也はすぐに物置部屋に移動させていたテレビとファミコン本体に電源を入れると、記憶から復活の呪文を呼び出した。

『おお　みつる！　よくぞ　もどってきてくれた！　わしは　とても　うれしいぞ。』

勇者はいつも通りラダトーム城で甦った。

『そなたが　つぎのレベルになるには　あと　7ポイントの　けいけんが　ひつようじゃ。レベルが　あがったときには　わしに　あいにくるようにな。では　また　あおう！　ゆうしゃ　みつるよ！』

ここで達也はある違和感を覚えていた。

流はモンスターとの戦いを避けていた。にもかかわらず、次レベルへの必要経験値が変動している。これはどういうことだろうか？

答えはすぐに出た。勇者のレベルは1になっていたのだ。


今は夏休みの真っ最中で部活のある生徒以外は誰も登校していなかったが、こういう時に相談できる人間に達也は心当たりがあった。

達也は寮を出ると、理科準備室を訪れた。

「おや、どうしたんだい？」

化学教師の税所《さいしょ》密香《ひそか》は携帯ゲーム機を白衣のポケットに突っ込むと、達也を出迎えた。

密香は妙齢の美女で、生徒と教師の区別なく人気のある教師だ。だが当の密香はと言えば何故《なぜ》か達也のことが気に入っているようで、何かと目に掛けてくれていた。

「少し訊《き》きたいことがありまして」

特に顧問の活動をしていない密香にとって夏休みは天国だ。出勤日は上から降ってくる雑用を手早く片付け、後は理科準備室でゲームをするのが彼女の夏休みの過ごし方だった。もちろん、自分の席に座っているだけで同僚の教師から暑苦しい好意を向けられる職員室が鬱陶《うっとう》しいというのもあるのだろう。

「丁度良かった。ポケモンの厳選にも飽きてたところなんだ。遊んでくれないかな?」

密香のゲームスキルには在学中の流も舌を巻いていた。流に言わせれば、その辺の学生がかなう相手ではないそうだ。

「ゲームは苦手です」

「別にゲームじゃなくてもいいけどね」

密香はそう言って達也の顔を覗《のぞ》き込《こ》む。密香のからかいはいつものことだ。達也は努めて無視すると、単刀直入に訊ねた。

「税所先生はドラクエについてどの程度ご存じですか?」

「エスタークを10ターンで倒せる程度かな」

言葉の意味は解らなかったが、達也はそれを謙遜《けんそん》と取った。

「ファミコンのドラゴンクエストなんですが、竜王まで辿り着いたのにレベル1に戻されることとなんてあるんですか？」

「なんだ君、世界の半分を貰《もら》おうとしたわけ？」

どうやら密香はそれなりに詳しいようだ。

「何かまずかったですか？」

「まずかったって……竜王がなんて言ったのか覚えてるだろ？」

密香の指摘に達也は竜王の台詞の当該箇所を思い出す。


『では　せかいの　はんぶん　やみのせかいを　あたえよう！　そして…

そなたに　ふっかつのじゅもんを　おしえよう！』

『これを　かきとめておくのだぞ。おまえの　たびは　おわった。さあ　ゆっくり　やすむがよい！　わあっはっはっはっ』

「復活の呪文を入れたら解るけど、勇者はレベル1に戻された上、装備もゴールドも失って振り出しに戻されるんだ。いや、ゴールドもないからマイナスからのスタートなんだけど。一種のバッドエンドの演出だよ。誰だってあれで心を折られて、あの続きからクリアしようなんて思わなくなるから」

「バッドエンドにするだけなら、わざわざ復活の呪文なんて出さなくてもいいと思いますけど」

密香はかぶりを振る。

「それが製作側の洒落《しゃれ》なんだよ。すっと暗転して勇者死すよりも、わざわざ復活の呪文を入力させた上で勇者の身に何が起こったのかプレイヤーに理解させる方が絶望は数段上だろう？」

「確かに」

「復活後の世界には特に新しいテキストを追加してない。むしろ追加しないからこそあの絶望感。最近のＲＰＧにはこの精神がないね。そもそも……」

密香は自身のゲーム観を語り始めていたが、既に達也の意識は別の方に飛んでいた。

もしもあの続きからクリアするとなると、最初から始めるよりも時間がかかる。確かに面倒だが、時間さえかければクリアは可能だ。

だが流が課したかったのはそんな力押しではないように思えるのだ。そして達也は流の性格をよく知っている。おそらくこれは流から達也への挑戦に違いない。

記憶の中で流が解いてみろと笑っていた。

密香を振り切って寮の部屋に戻ると、達也は再び推理を始めた。

「今日でクリアできそうだ。これでもうお前の脳味噌の容量を食うこともない」

あの時、流は確かにそう言った。その時点では流にクリアする意思があったのは間違いない。竜王の許《もと》に辿り着くまでの間に、何かが流の気持ちを変えたのだ。

達也にはとりあえず一つ思い当たる節があった。

あれは中学一年の冬だった。ミステリドラマの上映会という名目で、一度だけ流の家へ招かれたことがある。寒い中、学園前駅から奈良交通で大渕橋《おおぶちばし》まで行くと、タートルネックにロングスカートの流が出迎えてくれたのだ。学校ではまず見せない少女らしい格好に達也は心底驚いた。

「なんだよ、その顔は?」

上手く言葉が出てこなくて、ついこんなことを言ってしまった。

「あ、その……とっても素敵です」

頭を叩かれるぐらいは覚悟していたのだ。

「なんだよ、お世辞はよせよ」

頬を染めて照れるところを見たのはあれが初めてだった。

「まあ、早く入れよ。今日は妹のピアノの発表会でみんな留守なんだ」

流はそう言うと達也を家に入れる。通されたリビングには何十インチかも解らない大型のテレビとやけに座り心地の良いソファ、その他諸々の高級そうな家具が据え付けられていた。

「やっぱりこういうのは大画面で見ないとな」

達也は後からあの一帯が高級住宅地だと知って納得した。流の実家はそれなりの資産家で、そして流はお嬢様だったのだ。学校で、らしくない振る舞いをしていたのも一種の反動なのだろう。流が楽な推薦入学を捨て、身の丈を超えた進路を選んだのも、実家への反発という側面があったように思える。

達也は流の内側まで踏み込んだことは極力言わないようにしてきた。結局のところ、自分は越天学園を出ればただの中学生で、流の人生を左右できる立場にないことを理解していたからだ。

瓶賀邸でドラマを三本立て続けに観た後の昼食休憩で流と交わした会話を思い出した。

「なあ、お前の記憶は劣化しないのか?」

「劣化って……記憶は変わったりしませんよ」

達也の記憶の鮮明さはいつまで経《た》っても変わらなかった。だから数年前の記憶もまるで一瞬前の記憶のように甦る。

「その感覚があたしたちには解らないんだよ。普通の人間の記憶は時間とともに薄れたり、あるいは都合良く変わったりする。ただの人間が初志を貫徹できないのはそこに原因があると思う。お前は復讐を誓った当時の感情を忘れてないんだろ?」

そもそも達也が越天学園へ入ったのは亡くなった母親の復讐のためだった。母親の人生を狂わせた男が学園の関係者と知り、達也は躊躇《ためら》いもなく飛び込んだのだ。

もちろん、母親が死の床で敵討《かたきう》ちを頼んだわけではない。ただ達也が勝手に復讐を決意しただけの話だ。

「復讐の意志が弱まらないのは事実ですが、感情を忘れないというのは違います。記憶と感情は独立したものですよ。復讐の根源である記憶がはっきりしているからこそ、感情も湧《わ》き出《だ》すんです」

「そうか、もしお前の記憶が薄れたら感情も薄れるんだろうな」

「そういう意味ではこの体質には感謝してますよ」

「つまりお前には連続性があるんだな」

「連続性?」

「そう。劣化しない記憶があるから、ぶれずに同じ人間でいられる。だけど、あたしは怖いよ。昨日の自分なら何となく連続している気がする。一昨日だってそうだ。けど一ヶ月前はどうだ? あるいは一年前なら? どこから自分と連続性が途切れてしまうんだ?」

「大事なのは今の瓶賀さんでしょう。過去がどうだろうと関係ありません」

「あたしは今の自分が大事だから怖いんだ。今の自分と将来の自分がどこまで連続していられるんだろうかって。あたしもいずれ家を継ぐ羽目になったら、金利や地価のアップダウンにしか反応できない守銭奴《しゅせんど》になってしまうのかと思うとな」

「瓶賀さん……」

「やっぱ、今の自分が消えてしまうのは切ねえな」

もしかするとあの時の流は、ただロトの血を引いているというだけで竜王退治を命じられた勇者の境遇を、長女である我が身と重ね合わせたのだろうか。

そこまで考えて達也はベッドに倒れ込む。

だが、それはクリアしなかった理由にはなっても達也に復活の呪文を憶えさせた理由にはならない。

達也は先ほどの会話の続きを頭の中で再生してみた。

「そういや、肝心の復讐相手が誰なのかまだ解ってない状態なんだよな？」

「教師と理事、怪しい奴を一人ずつ潰していけばいずれ出会うはずです」

「一体どうやって闘うつもりなんだよ？」

「俺は学園内の秘密を集めます。その中から、教師や経営陣にとって不都合な事実をより分け、武器にするんです」

その武器には確かに、一介の中学生に過ぎない達也が大人と渡り合うだけの威力があった。現に達也が影村寮を自分の家のように使えているのも理事の一人の秘密を握った結果なのだから。

「まるでノワールだな」

流はそんな達也の復讐にあまり乗り気ではなかった。

「ノワール？　暗黒小説のことですか？」

「ああ、そのノワールだ。ノワールの魅力は主人公が自分の欲望を通すために手段を選ばずに障害を排除するところにある。そして、あたしの好きなノワールは主人公に正当性があるやつだ。そういう意味ではお前の復讐は充分にノワールだよ」

当時の達也はノワールと呼ばれる分野の小説を読んでいなかったため、ただ解ったように肯いた。

「だけど、時として主人公の払わされる代償は大きい。お前の復讐だってそうなる可能性は高いんだ。教師や理事連中の秘密を握っていけばいずれはお前の復讐は遂げられるかもしれない。けど、それはあくまで個対個の場合だ。もし連中が手を結んだら、お前は消されるかもしれないぜ？」

冗談めかしてはいるが、半ば本気だと解った。

「保険はかけてありますよ」

「それでもだ。どんなにうまくやったつもりでも、結局はどこかで帳尻を合わされるような気がするんだよ。あたしの杞憂《きゆう》だといいんだがな」

流は折りに触れ、達也の行く末を心配していた。根拠はないが、それがこの問題と無関係ではないような気がしていた。

これ以上ここで考えていても前進しないことは明らかだった。達也は奈良の街へ出かける支度を始めた。

連続性という言葉で思い出したのだ。達也と流の青春は学校から奈良の街へと連続していたということを。

近鉄奈良駅を出ると、達也は腹ごしらえのために東向商店街へ向かった。

昔はよく流と一緒にこの辺に来たものだ。食事や映画、ゲームセンターなんかも行った。特に古本屋を巡ってエドマンド・クリスピンの『お楽しみの埋葬』を探したのはいい思い出だ。

商店街の中程にあるマクドナルドでダブルチーズバーガーバリューセットを注文し、流の言葉と一緒に噛《か》みしめる。

流は初代ドラクエには不要なものを載せるだけの容量は無かったと言い、竜王の背景は描かれなかったとも言った。

では、どうして一足飛びに復讐という発想が出てきたのだろうか？

達也はそこに副読本——たとえば攻略本やノベライズ——の存在を疑っていた。二次資料に竜王の背景を補完する情報が描かれているのかもしれない。

マクドナルドで食事を済ませた達也はそうした資料を探すべく、とりあえず近所のフジケイ堂に足を運んだ。

ポケミスの一冊一冊に厳密な値付けがなされている神保町とは違い、奈良の古本屋では稀少な本であっても安価で買えることが多い。その代わり、本は仕分けもされずに山積みにされ、店主でさえどんな本がどこにあるかもあまり把握していない。欲しい物があったら自分で掘り出すしかないのだ。

目当ての本を探しながら、達也は流と古本屋を巡っていた時のことを思い出していた。

「さて、本陣先生。これは読んどけって本はありますかね？」

流が改まった口調で達也にそう訊ねる。

「いきなりなんですか？」

流が先生付けで達也に話しかけるのは主にミステリ絡みの時だ。

「これだけの本の山を漁っといて空振りってのはいかにも哀しい。せめて面白い本を拾って帰りたいってのが人情じゃありませんか、本陣先生？」

達也は国内外の古典ミステリに通じているが、読書量のことを言えば流だって決して負けていない。にもかかわらず、流はミステリについてはいつも下手に出た。

「本なんて何を読んでもいいんですよ」

流に「何読んだらいい？」と訊かれる度に決まって達也はそんな風に返した。流の質問が鬱陶しかったわけではなく、半分は本心からそう思っていた。

「でも先生、ミステリに入ろうって人間がいきなり人形館から読もうとしたら止めるだろ？」

「それは止めて、十角館から読むように勧めますね」

「シリーズものにはシリーズを通しての楽しみ方ってのがあるからな。やっぱり国名シリーズが鉄板か」

本の山からクイーンを一冊ずつ抜き出して言う流に達也はこう応えた。

「俺は無理して古典を勧めるのもどうかと思います。例えばその後の読書人生を変えてしまうような一作でないのなら、それなりに読みやすい新作を勧めた方が長い目で見ても良いかと」

それは一時、文芸部に在籍していた際に学んだ苦い教訓だった。

「そりゃそうだ。というわけで本陣先生、後学のために船戸与一《ふなどよいち》と馳星周《はせせいしゅう》を読むんだ。読めば世界が拡がるぞ」

そう言って流は本の山から『山猫の夏』と『不夜城』を抜き出して押しつけた。何のことはない、最初から自分の好きな本を読ませるつもりだったのだ。

まあ、流のお陰で読書の幅が拡がったことは否定しない。ハードボイルドや冒険小説、あるいはノワールなどを貪《むさぼ》るように読んだりすることはないが、それでも時折気が向いたら手を伸ばしたりする。

何かを勧めるなら古典の傑作か入りやすい新作か、それが二人の共通見解だった。

「古典の傑作か……」

達也は本の物色を止《や》めると店を後にした。副読本より先に調べるべきことに気がついたからだ。そして三条通りまで出ると、そのままJR奈良駅方面を目指して西に歩き始める。

達也の心に復讐という感情が芽生えるまでは、この辺りで母と祖父と三人で暮らしていた。だから小さい頃の達也にとって三条通りが世界を分かつ線だった。

だがそれも流と出会うまでの話だ。流に大阪や京都へ連れ出されて、ようやく達也はこの奈良が一地方の一市街に過ぎないことを思い知らされた。

平穏に暮らしていくには充分すぎる。だけどただ一生を終えるには狭すぎる。

復讐を決意した時は全てが終わったら奈良に戻るつもりだったが、今では違う選択肢も生まれつつある。もちろん、未だに復讐が第一ではあるが。

三条通りを歩く内に、達也の中である仮説が育ちつつあった。

寮に持ち込まれたゲーム機は流がどこぞからせしめてきたもののはずだ。流石《さすが》に何でも揃《そろ》っていたわけではないが、それでもファミコンより新しいハードはいくらでもあった。

ということは流が他の魅力的な新作を差し置いてファミコンのドラゴンクエストを選んだのにも理由があるに違いない。

そしてその辺りの事情を訊ねるのにうってつけの相手がいた。

三条通りの一角に本やゲームを扱う中古ショップがあった。純粋な古本屋ではないので本の品揃えには期待できないが、一方でゲームの品揃えはよく、流はここで中古ゲームを買っていた。

入店すると、褐色の肌をしたアルバイトの女性が一人で店番をしていた。

「おや、久しぶり」

達也は黙って会釈をする。言葉を交わしたことはほとんどなかったが、彼女は来店した達也を憶えていた。

「今日は一人？」

流はこの店の常連で、彼女のことを勝手にマスターと呼んでいた。

「ええ。実は訊きたいことがありまして……」

「いいよ。丁度、お客さんもいないしね」

マスターは歳の割に古いゲームに詳しく、店頭の中古ゲームにまつわる話を面白おかしく語っては客にゲームを買わせるのが大層上手かった。

「ゲームそのものがマスターの話ほど面白かったことは滅多にないけどな」

とは言え、話を考えるのもタダではないし、折角のセールストークの結果が数百円のソフト一本の時だってある。結局、商売抜きでゲームに関わるのが好きなのだろう。

そしてそんなマスターだからこそ、達也の疑問を晴らすにはうってつけだった。

「先輩から勧められたドラゴンクエストⅠがクリア直前の状態なんですが、続けてⅡをプレイするべきでしょうか？」

まるで自分でプレイしたような言い方だが、嘘《うそ》は言っていない。

「そりゃそうだよ。ドラゴンクエストはⅢまででロト三部作になっているんだから」

やはりそうだ。

「特にⅢが秀逸でね。Ⅲのマップって地球そっくりなんだけど、地下世界への入り口があって、その先にあるのが初代のアレフガルドのマップなんだ。でクリアすると三部作の最後なのに、始まりの物語だったたっていうのが解るんだ」

確かにこの趣向は達也の心をくすぐるものがあった。時系列誤認トリック、これこそ流石がドラクエⅠを勧めた理由だった気がする。

「ⅡとⅢに竜王についての情報は出てきますか？」

「あるよ。Ⅱでは竜王の子孫が出てくるけど、初代の竜王とは全然違ういい人。まあ、ファンサービスだろうね。Ⅲには直接竜王は出てこないけど、竜の女王ってのが出て来る。」

こっちも竜王とは違う善なる存在でね。余命幾ばくもない竜の女王はアレフガルドへ赴く勇者たちに光の玉を託すと、卵を残して死んでしまうんだ。結局、その光の玉のお陰で大魔王ゾーマを倒すことができたから、重要な役回りだよ」

「光の玉というのは、Ⅰで竜王が封じたものですか？」

「おそらくアレフガルドに残っていたんだろう。そしてこの卵から孵《かえ》ったのがⅠの竜王というのがファンの間では定説とされているね」

「有名な説なんですか？」

「ああ、それはもう。けど、一部では善なる竜の女王の子供が悪というのはおかしい、ゾーマを倒した後は地上世界と地下世界は断絶するから竜王が地下世界にやって来るのはおかしい、だからあれはⅣやⅤに出て来るマスタードラゴンの卵だとする説もある。だけど私はロト三部作で閉じていて欲しいと思う。それに光の玉のことを考えれば、伏線回収としてもしっくり来るかなって」

流がいれば嬉々として話に乗っただろうに。流が好きなことを語る時は、それが達也の首尾範囲外であっても、解らないなりに魅力的に響いたものだった。

「そういえば、竜王と光の玉の関係についてはあの子も自分なりの考えを持っていたみたいだけど」

「それは本当ですか？」

「そう。そもそもアレフガルドのある地下世界は精霊ルビスが作り、そこに時空を超えてゾーマがやって来たという設定があるんだ。あの子は竜王もゾーマと同様、時空移動の能力を持っていたんじゃないかって言ってた。一方でリスクの無い力は存在しないとも」

「リスクですか」

そういうディテールに拘《こだわ》るのがいかにも流らしかった。

「あの子は時空を海、世界を島に、そして時空移動を海を渡る能力にたとえていた。だから いくら海を渡れても、それだけでは標《しるべ》もなしに島に辿り着くことは難しいと」

「羅針盤か灯台が必要ということですか」

「まさにその通り。ゾーマは自分の城ごと時空移動したような描写がある。それは羅針盤を持っていないと無理な芸当だ。だけど竜王にそこまでの力を期待するのはどうだろう。私の見立てでは竜王は魔王バラモスと同じか、幾らか強いぐらいで、大魔王たるゾーマと同格とは言えないだろうからね」

話の流れで、達也には『灯台』が何か解った気がした。

「ああ、でもアレフガルドには竜王だけが解る灯台があったんですね」

「うん、それがあの子の出した結論だ。光の玉は竜の一族の秘宝だったんだと思う。なら、竜王にも探知できたのかもしれない。竜王は光の玉の気配を頼りに、身一つで異世界へ渡ったんじゃないかなってね。なかなか面白い説でしょ？」

達也は流の意外な才能を見た気がした。大体、ミステリを読んでこのような考察を行うのは達也の役目だった。そして流はどこか悔しそうな顔をしてそれを聴いていたのだ。だが土俵を変えれば流も同じことができた。きっと流はこんな話をもっと聴いて欲しかったのだ。達也は今になって自分の察しの悪さを悔やんだ。

「そっか……これからⅡとⅢに触れるんだ。じゃあ、世界の広さに戸惑うかもしれないね。Ⅰはエポックメイキングな作品ではあったけど、やっぱりマップが狭いんだよね」

達也は曖昧《あいまい》に肯くと近くの本棚に挿さっていた適当な本を抜き出し、マスターに差し出した。安いがまあ情報料の代わりだ。

「そういえばあの子は元気してる？」

釣り銭を渡しながらマスターはそう言う。

「いえ、瓶賀さんは今浪人中で……」

「そうかい。じゃあ、暇になったらまた二人で来なよ」

そういうことはもう無いと思います。そんな言葉を呑《の》み込《こ》んで達也は中古ショップを出る。

この街はもう俺に狭すぎる。まるでアレフガルドだな。

そんな益体《やくたい》も無いことを思いながら達也は一人、駅へ向かった。

寮に帰ってドラに早めの夕飯をやる。

こいつも随分と大きくなったものだ。

達也は尻尾《しっぽ》を振りながら夕飯を食べているドラを撫でながらそんなことを思う。犬なんて興味がなかった筈《はず》が、気がつけば愛着が湧いているから不思議なものだ。ドラのために早起きして散歩するようになったし、他にも色々と世話をしている。しかしそれが特に面倒とも思わない。もしかすると流はこうなることを見越してドラをここに残していったのかもしれない。

寮内に戻って物置部屋を探すと、確かにⅡもⅢも置いてあった。当時の流にプレイする時間があったとは思えないから、おそらく達也がプレイすることを見越して揃えておいてくれたのだろう。もし三部作にきちんと手をつけていれば、ゲームに関心の無かった達也もRPGぐらいは好きになっていたかもしれない。

達也は自室にテレビとファミコンを運び込むと、ドラクエを起動できる状態にした。そして窓を開け、ベッドに腰を降ろす。あの日の流の思考を少しでもトレースするために、動きをなぞってみようと思ったのだ。

中古ショップのマスターは竜王の世界征服の動機については何も言わなかった。つまり、そこに関しては定説がないのだ。一方で流は何か結論らしきものを見つけていたらしい。

達也は真面目《まじめ》に考察してみることにした。

ドラクエⅡの竜王の子孫も、ドラクエⅢの竜の女王も人間に友好的な存在だった。おそらく竜の一族には人間を敵と見なす本能はないのだろう。

ならば竜王の世界征服は、あくまで竜王個人に起因するものと見てよいのではないか。

では何が竜王を世界征服へ駆り立てたのか？

流が出した結論は復讐。考えてみれば材料は揃っている。

竜王が誕生したのはⅢの世界が救われた後だろう。

幼き竜王は女王の城で育った。竜の一族の生態は解らないが、ホビットや妖精、話す馬までいたそうだから世話役には事欠かなかったに違いない。だが幼き竜王の心を占めていたのは、母である竜の女王のことではなかったのか。

きっと竜王は折りに触れ、周囲に母のことを訊いたはずだ。だが周囲がありのままの事実を語っただろうか。

竜の女王は命を落とす前、最後の力を振り絞って卵を残した。視点を変えれば、竜王のために命を落としたとも言える。もちろん、寿命を考えれば時間の問題だったのかもしれないが、そんなことを竜王に直接告げるわけにはいくまい。だからその部分だけそっくり言い落としたのではないか？

おそらくはこんな風に。

『余命幾ばくもなかった竜の女王は、光の玉を勇者に渡して命を落とした』

それならば光の玉の譲渡が母の死の駄目押しになったと幼い竜王が理解しても無理はない。そしてきっと成体となった後も、心のどこかで母のことが引っかかっていたのだろう。だから光の玉の気配を追って時空を超えた。

だがアレフガルドに来てみれば、人間たちは母のことも知らずにのうのうと暮らしている。こんな人間たちを救うために母は命を差し出したのかと竜王は怒った。そして怒りの矛先《ほこさき》は勇者ロトとその子孫へ向いた。

世界征服をすれば、討伐のために母の命を奪ったロトの子孫がやって来る。それが竜王の世界征服の動機だったのではないだろうか。

以上が達也の辿り着いた復讐説だ。それなりにまとまっていると思うし、流の考察も踏まえた上ならこれ以外の答えはないだろう。

だが復讐説に到達するためには、やはりいくらか飛躍が必要だ。そして達也には流が何故その結論に至ったのか過程が解らない。

達也はファミコンの電源を入れ、竜王へ挑む直前の復活の呪文を打ち込む。流はプレイ中に、何かをきっかけにしてその結論に至ったはずだ。

あの日と同じく、勇者みつるはラダトーム城を出発し、竜王の城を目指して進む。だが竜王の城まで辿り着いても、ヒントは得られなかった。

達也はふと喉《のど》の渇きを覚えて、気の抜け始めたコーラを飲む。弾けた気泡が鼻孔に触れた瞬間、流との最後の記憶が甦った。

あれは三月の風の強い日だった。

卒業式の早朝、流はバツの悪い様子で達也の部屋を訪ねてきたのだ。

「報告遅くなったけど……落ちちまった」

流が志望校に落ちたことは学内に張り出されている合格者一覧で既に知っていたし、流が気まずくて顔を出しづらいというのも何となく解っていた。

達也は黙って、こんな時のために備えてしまっておいたコーラを出した。いつも貰ってばかりで悪いと思っていたのだ。

「自業自得《じごうじとく》とか言わないんだな」

流はコーラを受け取って、ベッドの端に腰を降ろす。

「俺と遊んでくれてなかったら合格してたかもしれないと思ったら、とてもそんなこと言えませんよ」

「お前……」

「瓶賀さんと出会わなかったら、きっと俺は狭い世界を彷徨《さまよ》うガキでしたよ。いや、今だってそう変わっていないかもしれませんが。俺のために時間を使っていただいて感謝してます」

瞬間、流の眼が微かに潤んだ気がした。だが、すぐに流の手が瞼《まぶた》を一擦りして、確かめようがなくなった。

「そんなに感謝されるとこっちが困るぜ。お前は確かに大事な弟分だが、自分の進路曲げてまで相手したりするかよ」

言葉からは本音か強がりかは判断できない。

「どうせ現役で通らないってのは夏頃から解ってたからな。遊べるだけ遊んでおこうって思ったんだよ。安心しろ。あと一年予備校でみっちり勉強すりゃ通る」

そしてコーラを開けると、勢い良く飲み始めた。

「……復讐は続けるのか？」

「ええ。そのために俺はここに来たんですから」

「そうか」

だが、今度は流は達也の復讐を止めることはしなかった。

「なあ、達也。結局あたしはお前の復讐が終わるところに立ち会えなかった。勝つにせよ、負けるにせよ、本当は見届けてやりたかったんだ。先に出ていくことを許してくれ」

「俺の力が足りなかっただけですよ。しかし、きっとやり遂げてみせます」

あとはやる、と言って半分残ったコーラを達也に返すと、流は帰り支度を始めた。じきに卒業式だ。

「次会うのはいつになるかな。一年後か三年後か、それとも十年二十年後か……案外来月だったりしてな」

などと一瞬おどけてみせる。だが、流はすぐに真面目な顔に戻るとこう言った。

「あたしはただの人間だ。きっとお前と過ごした日々も都合良く美化しちまうだろう。今のあたしと将来のあたしがいつまで連続してるかまだ解らないけど……ずっとお前を心配している気持ちに嘘はない。だから、時々でもいいから思い出してくれると嬉しい」

達也は何と言っていいのか解らなくて、返事の代わりにコーラを飲み干した。


記憶のフラッシュバックの余韻を引きずりつつ、達也はモンスターから逃げ続け、やがて竜王の許に辿り着いた。

そして解答にも。

『よくきた　みつるよ。　わしが　おうのなかの　おう　りゅうおうだ。　わしは　まっておった。　そなたのような　わかものが　あらわれることを…』


竜王の姿を眺めながら、達也は独りごちた。

「そうか、お前は俺だったんだな」

竜王の復讐説に飛躍する最後の鍵は達也自身だったのだ。

あの時、流は達也と竜王の境遇が重なることに気がついた。母のために、母が望まぬ復讐をしているという点がそっくりだ。だからこそ、流は達也の前で竜王を倒すことが躊躇われたのだろう。

それが流の心変わりの理由だ。流は折りに触れ、達也の復讐の行方を気に懸けてくれていた。子供が大人に復讐するなんて馬鹿げてるとは思いつつも、おためごかしではなく、心から心配してくれていた。

では何故、復活の呪文を覚えさせたのか。それも今の達也には解るような気がした。記憶は薄れていく。感情だってそうだ。今の本気が未来では笑い話になってしまうなんてよくある話だ。そして流はそれを恐れていた。

やるすびあ　おのかここのへ

むゆるがご　すとね

このたった二十文字に流はあの夏の一時を封じたのだ。この先、二人がどう変わろうとも、二人で過ごした時間は永遠に変わらない。

復活の呪文を思い出す度、甦るあの夏。

解いてくれというのはクリアしろという意味ではない。流の心の動きを捉えてみせろという意味だったのだ。ロマンチストの流らしい謎かけだ。

一年越しの夏休みの宿題。解けたからといって何が得られたわけでもないのに、達也の心は満たされていた。

思えば流と出会ってから達也の世界は広くなった。達也の隣から流はいなくなったけれど、記憶の中にはいつも流がいて達也を導いてくれる。

達也はAボタンを押した。竜王が次に何を言うのか解っていたが、それでも押さずにはいられなかった。

『もし　わしの　みかたになれば　せかいの　はんぶんを　みつるに　やろう。どうじゃ？
わしの　みかたに　なるか？』

はい
↓いいえ
達也は『いいえ』を選んで嗤《わら》うと、隣にいない誰かへ向けてこう語りかけた。
「世界の半分を貰ったのは俺の方なんですよ」

友達なんて
怖くない

確かにそれはどこか奇妙な本棚だった。

強いて言えばミステリ色が濃いが、全体を通して見れば一般小説やノンフィクションなどの本が節操なく壁一面に並んでいる。一人の人間の趣味で作られた本棚にしてはあまりにも一貫性がない。おまけに同じ装丁の本が二冊、三冊と並んで挿さっている。

全ての本が著者名の五十音順に並べられているが、それだけに持ち主のセンスのおかしさが際立つ。

「……本陣君、どうしてこんな本棚を作ったんだろう？」


「起立、礼……ありがとうございました」

日直の号令で皆は沈黙に支配される。しかし伸ばしたゴムが反動で縮むように、教室内はすぐに喧噪《けんそう》に包まれた。部活へ行く者、学校に残って勉強する者、帰宅する者……目的は様々だが、この一時だけは皆一様に弛緩《しかん》している。

もう六月五日、夏服への衣替えも終わり、誰も彼も浮かれ始める時季だ。

桜田《さくらだ》水姫《みずき》は黙って着席すると、頬杖をついて右手にある窓に目を向ける。すると自分の姿がガラスにうっすらと映った。

セーラー服、お下げ、黒縁メガネの三点セット、これで手元に本でもあれば文学少女で通るだろう。だが水姫はそう言われることをあまり好まなかった。

変温動物のような冷たい目つきに、レンズに触れるほどの長いまつげ。まるで蛇みたいだと自分でも思う。水姫は自分のそういうところがあまり好きではない。

自分の顔を見るのが厭で窓の向こう側へ視線を泳がせてみたものの、うんざりするほどの深緑に溺れそうになる。

水姫の通う越天学園高等部は奈良県大和郡山市の山奥にある。各学年二百人前後、中等部と合わせて千百人程度の生徒数を持つ、県下では二番か三番のよくある私立進学校だ。

特筆すべきはその立地、田舎の山奥だけあってとにかく緑が濃い。この場所からも学園の施設はよく見えるが、どれもこれも緑の樹海に埋もれた遺跡のようだ。高等部に入学して丸二ヶ月だがこの深緑にはまだ馴染《なじ》めず、多少暑くても窓を開ける気が起きない。

「おう、おったおった」

水姫が声のする方へ振り向くと、赤い短髪の少年が大股で教室を突っ切ってくるのが見えた。クラスメイトたちはまるでモーゼに割られた海のように少年を避けていく。

「どうしたの守哉《もりや》？」

御堂《みどう》守哉は額の右端にある引き攣《ひつ》れ痕を掻きながら、にやりと笑う。まるでクソガキにタイムふろしきをかぶせて大きくしたような笑顔だった。

「影村寮の倉庫の鍵持ってるやろ？」

水姫は肯く。倉庫の本をいつでも好きに読んでいいということで鍵を貰っていたのだ。

「一緒に来てくれへんか？　影村寮までパシリを頼まれてんけど、鍵持ってへんねん」

水姫は黙って立ち上がると、守哉を見下ろした。水姫の身長は一五五センチだが、守哉はそれより更に少し小さかった。本当にもっと背が高ければモテただろうに。神は残酷なことをするものだ。

「本陣君がそう言ったのね？」

「当たり前やろ。嘘ついてどないすんねん」

守哉は越天学園を経営する御堂一族に連なる者で、元々は県で一番の私立進学校に通っていた。だが問題を起こしたため退学同様に転校させられて、一族の経営する越天学園に編入する運びになったそうだ。

背は低くとも運動神経は抜群で喧嘩《けんか》も滅法強く、退学の一件も相まって、守哉は悪童として生徒たちから恐れられるようになった。

「……仕方ないわね。行くわよ」

「よし、行くで！」

張り切る守哉の後ろを渋々付いていきながら、水姫は教室の隅に追いやられた本陣達也の席にちらと視線をやった。

本陣達也が授業をボイコットして、旧校舎の反省室に籠《こ》もるようになったのは中学三年の秋頃のことだった。

普通はそんなことをすれば出席日数が足りなくなる筈だが、テストだけは受けて、満点に近い点数を叩き出すのだから生徒も教師も堪《たま》らない。当然のように学年トップになるのだが、越天学園が進学校である以上、無出席者がトップではカリキュラムの否定になるということで、達也には強制的に出席日数が加算されていると言われていた。

もっともそれは表向きの理由で、実際は達也が教師や学園理事数人の弱みを握っているせいで、この我《わ》が儘《まま》が黙認されているそうだ。

達也は数年前、病死した母親の復讐のために越天学園の中等部に入った。どうも御堂一族の中に母親を捨てた達也の本当の父親がいるらしいが、生憎名前も顔も知らず、学園生活を送りながら捜していたそうだ。勿論、その間も様々な事件を通じて、学園関係者の弱みを見つける努力は怠らなかった。だが、やがてそのリソースを全て復讐に注《そそ》ぎたくなり、普通の学園生活を投げ捨てた……。

今、達也は反省室に籠もって探偵の真似ごとをしていた。依頼人が現れれば授業中でも捜査をし、必ず納得の行く解決を与える。勿論、ただで働くわけではなく、復讐の役に立つような誰かの弱みや、あるいは達也への協力を対価として受け取っている。

そして達也の探偵業に搦《から》め捕《と》られたのが水姫と守哉だ。現時点では二人とも達也に借りがあり、それが消えるまでは達也の手足として動かなければならない……。

水姫と守哉は高等部の校舎を出ると、外れにある影村寮を目指した。

「この学校、無駄に広いな。疲れるでホンマ」

学園の敷地は無駄に広く、校舎や運動施設が生徒数に比べて多いのが特徴だ。古い施設を改修して大事に使うのではなく、次々と新しいものを造ってしまうのだ。確かに生徒の立場からすれば施設は新しく綺麗な方がありがたいが、古い施設の中には使用率の低いものも少なくない。

「アンタの家が経営してるんでしょうが」

実のところ、御堂家は越天学園の他に鏡花《きょうか》の会という宗教法人を運営している。十数万という信者数もさることながら、財界の大物や政治家も抱き込んでいるため、相当な額の資産をプールしているそうだ。だから学校経営というのは御堂家にとっては余技に過ぎないのだ。

おそらくこの学校の生徒会がやたらと強権的なのも御堂家と無関係ではないだろう。

「でも、どうしてこんなに儲かってるの？」

「そら、はたたみ様の未来予知で稼いでるからや」

はたたみ様……鏡花の会で特別な地位にある巫女《みこ》のような存在だと水姫は理解しているが、年齢も顔も知らない。

「誰だって自分の未来のことは知りたいやろ。成功者ともなれば尚更や。御堂家も自分らの未来を予知してここまで大きなったんや」

「未来予知って……本気で言ってるの？」

守哉からは冗談で言っている気配は感じられなかったが、水姫も簡単には信じられそうになかった。

「はたたみ様……俺はおばちゃんって呼んでるからおばちゃんって言うけど、あのおばちゃんの未来予知はキモいほど当たるんや」

「それはトリックとかじゃなくて？」

「おばちゃんはなんや神様が未来を見せてくれるって言うてるけど、実際見えてるからこそあそこまで当たるんやろうな。ああ、思い出しただけで気分が悪なってきた」

その口ぶりから、守哉がどんな未来を言い当てられたのかは訊くべきではない気がした。

「……腑《ふ》に落ちへんって顔してるな」

「まあね」

「そら、そうやろ。こんなもん端《はた》から見ればインチキ占いと区別がつかへん。ただおばちゃんかて全部が見えてるわけやないらしい。おばちゃんが見てるのはあくまで終着点だけなんやと」

「終着点……どういう意味？」

「例えば俺もみずきちもいずれは死ぬやろ。それは辿り着くべき未来、すなわち終着点や。でもいつ死ぬかは決まってても、その時までどう生きるかはいくらでも変えられるらしい。死が決まってるからこそ、どう生きるかに意味が出てくるんや」

全部呑み込めたわけではないが、高校の三年間をなるべく良く過ごしたいと願っている水姫には納得できるところもあった。まあ、実際は初手から躓《つまず》いて、こんな目に遭《あ》っているわけだが。

「まあ、おばちゃんに言わせると実際には終着点にはもうちょっと細かい単位があってニュアンス的にはマラソンのチェックポイントに近いらしいけどな」

誰にも見えないものを自分だけは見えると言って金に換える……確かにインチキ宗教のやり口と一緒だが、それでもここまで稼いでいる以上、その予知には一定の精度があるのだろう。

「はいはい。どうせ見えない私たちにはあんまり関係ないことでしょ」

仮に避けられない終着点が本当に待っていたとして、それが悲劇なら聞きたいとは思わない。むしろ最初から信じない方がマシだ。少なくとも水姫はそう思った。

「そんなことより、明日暇か？」

唐突に守哉がそんなことを口にした。

「明日……ああ、創立記念日ね」

そういえば六月六日は休みだった。終礼でも担任が説明していたが、入学して二ヶ月の水姫には越天学園の創立記念日は今ひとつ馴染みが薄い。

「いや、ツレとどっか行くんやったら別にええけど」

高校からの編入組というのは一種のよそ者で、自分から望まない限り、深い付き合いは生まれない。水姫にしても達也と守哉以外にはそこまで親しい同級生がいるわけでもなかった。

「……特に予定はないけど」

別に他の学校が休みになるわけでもなし、水姫にとってはただ余計な一日になる予定だった。

「日本橋《にっぽんばし》でも行かへんか？　中古ゲームと漫画漁るんや」

守哉と知り合ったのはつい先月だというのに、随分と藪《やぶ》から棒な提案だ。

「私が？　あなたと？」

水姫は思わず問い返してしまった。デートの申し込みにしてはあまりにストレート過ぎたからだ。

だが守哉はかぶりを振ってこう答えた。

「本陣も一緒や。リーダーをハブってどないすんねん」

どうやら三人で一緒に行こうと言っているようだ。

「私は別に日本橋に用ないんだけど？」

「そこはそれ、買い物には付き合うたるから。心斎橋とかアメ村とか……服買うとこも沢山あるやろ？」

「却下。女の買い物といえば服と決めつけてるのが気にくわない」

水姫が口吻《こうふん》を尖らせると、守哉が手を合わせる。

「なあ、ええやんか。みずきち」

「人を蛟《みずち》みたいに言うのはやめて！　私でなくても誰かいるでしょ？」

「俺は友達が少ないんや！」

「私もよ。同じ編入組なんだから当たり前でしょ」

特に達也や守哉と仲が良いと思われている水姫は、内部進学組から変な意味で一目置かれているから尚更だ。

まあ、その代わり特定のグループに属していない水姫が露骨に無視されたり、いじめられたりすることもないのだが。

「え、何、ハブられてんの？」

「蛟だのハブだのと、さっきから喧嘩売ってるの？」

水姫は我慢できずに憤慨した。蛇のような見た目がコンプレックスだというのに、知ってか知らずか守哉は水姫の神経を逆撫でする言葉をうまく選ぶ。

そんな水姫に守哉は額の傷痕を掻きながら、真顔で謝ってみせる。

「わあった。勉強見たるわ。お前、こないだの地理すっごい悪かったもんな」

だが、その申し出は水姫を更にヒートアップさせた。

「ちょっと！」

水姫の大声に守哉は顔を顰《しか》めて、両耳に指を突っ込む。

「なんやお前、裸見られたみたいな声出して」

ある意味では裸を見られるより屈辱的だ。

「なんで……なんで知ってるの？」

「いや、お前の裸見たことないから知らんけど」

「そうじゃなくて地理のテスト！」

守哉は「ああ」と言って、手を叩く。

「職員室行ったら返却前の答案が置いてあってな。ひょいと覗いてみたらお前の答案や。割と大惨事やな」

名誉のために一応補足すると、水姫の総合成績は中の中から中の上ぐらいで、極端に地理が苦手なだけである。

「これは由々しき問題よ。職員室の機密管理はどうなってるの？」

「俺、学園関係者やし。っていうかそもそも優等生やし。先生らも俺が悪さするとは思てないやろ」

水姫を重い頭痛が襲う。守哉はこの間の中間テストで総合八位になっている。それもその筈、守哉が以前いたのは奈良県でぶっちぎりのトップ、関西でも有数の名門校だ。地の頭がいいのは間違いないだろうが、よりにもよってこんな男に成績で負けているという事実が水姫には耐えがたかった。

「ま、本陣には敵わんけどな」

達也は例外だが、この件には関係ない。しかし水姫が何か言ってやろうとした時にはもう影村寮に着いていた。

越天学園には親元を離れて勉強に励む生徒のために造られた寮が三つある。その中で最も古いのが影村寮だ。窓枠から錆《さび》が血の涙のように染み出し、初めて来た者を戦慄させる凄絶さがあった。

「こんなもん、知らん奴に廃病院って言っても信じるやろ。キモいわぁ」

学園としてもさっさと取り潰したいが、男子寮と女子寮の入居率が一〇〇％に近い状況では、影村寮の生徒の受け入れ先がないらしい。それをいいことに達也は影村寮に入り、自分の城のように扱っている。実際、影村寮は入居者が少ないために達也が空部屋の一つを物置として使えているのだ。

「なあ、本陣って一度見たもの全部憶えてるんやろ？」

「みたいね」

達也は一度見たものを忘れない瞬間記憶能力の持ち主だ。勿論、丸暗記だけで学年トップを保っているわけではなかろうが、その体質が優秀な成績の根幹をなしているのは間違いない。

「だったら、一度読んだ本をとっとく必要なんてないと思うんやけどなあ……」

「読書家なら好きな本を手元に置いておきたいと思うものでしょ。ほら」

水姫はここに来て急に渋り始めた守哉の肩を小突いて先を促す。

目的の物置部屋は寮の三階にある。部外者が正面玄関から出入りすると色々とうるさいので、水姫たちは外の階段を使って非常口から出入りすることにしていた。

二人は寮の裏へ回り込む。

「ワン！」

いきなり犬に吠えられた。中型の雑種、達也が飼っている犬だ。

「こいつ、いっつも吠えおんな。いい加減あいつの仲間やって認識してくれてもええのに」

せめて達也が犬に水姫たちを紹介してくれればいいのだが、犬の名前すら教えて貰えてない現状ではそんなことは望むべくもない。そういうところも含めて、水姫は達也との距離を感じていた。

「……じゃあね、ワンちゃん」

犬に別れを告げ、水姫は赤錆でコーティングされた階段に足をかける。そして二人でおっかなびっくり昇ると、非常口から影村寮へ侵入した。

非常口を開けてすぐ右手に倉庫部屋はあった。水姫はそっと鍵を開け、守哉とともに中に入る。

六畳ほどの部屋にベッドはなく、ただ本棚と積まれた段ボールが置かれていた。扉がある側以外の三面には本棚が設置され、文庫、ハードカバー、漫画その他の棚という構成になっていた。

「おっ、漫画とゲームあんねや。意外やな」

守哉がまず興味を持ったのはベランダ側の漫画とゲームの棚らしかった。流石に採光と換気を考えてか、片側のガラス戸の前には本棚が無く、その分溢れたコレクションが段ボールにしまい込まれていた。

「本ばっかり読んでる堅物《かたぶつ》かと思てたのに……」

そう言いながら守哉は段ボールを開いて、他にも漫画やゲームがないか探していた。

「それはいいけど、お目当ての本のタイトルはなんなの？」

「ん？　確か『ゆーひかく』ってところの『心理学辞典』やったな……ってキモッ！」

水姫の問いかけにも生返事で段ボールを漁っていた守哉だったが、何を見つけたのか、いきなり素《す》っ頓狂《とんきょう》な声をあげた。

「どうしたの？」

「この本棚見てみ」

守哉の指先には壁一杯に広がったパイン材の本棚があった。文庫一冊分しか置けない奥行きしかないが、文庫本がずらりと並んでいる様は中々壮観だった。

「どうしたの？」

「キモ過ぎるで……なんやねんこの本棚」

守哉に促されて水姫は本棚を眺める。

確かにそれはどこか奇妙な本棚だった。

強いて言えばミステリ色が濃いが、全体を通して見れば一般小説やノンフィクションなどの本が節操なく壁一面に並んでいる。一人の人間の趣味で作られた本棚にしてはあまりにも一貫性がない。おまけに同じ装丁の本が二冊、三冊と並んで挿さっている。

全ての本が著者名の五十音順に並べられているが、それだけに持ち主のセンスのおかしさが際立つ。

「……本陣君、どうしてこんな本棚を作ったんだろう？」

「なんつうか、こんな風に法則性がぱっと見えへん本棚キモいねん」

尚もブツブツ言う守哉のすぐ背中側に、水姫は目当ての心理学辞典を見つけた。背に小さく有斐閣《ゆうひかく》という文字が印刷されている。

水姫は心理学辞典をすっと抜き出すと、守哉に突きつける。

「はい、これでしょ？　ここに用がなくなって良かったじゃない」

だが守哉は水姫の言葉を無視して携帯電話を取り出すと、何枚も本棚の写真を撮りだした。

「……何してるの？」

守哉はバツの悪そうな表情で心理学辞典を受け取ると、辞典の角で額の傷痕を掻く。

「ああ、すまん。この本棚もキモいけど、このままにしとくんもキモくてな。あとで考える用に写真撮っといた。さ、とっとと反省室行こか」

旧校舎の反省室の扉を開けると、机と椅子が一つっきりの寒々しい部屋で仏頂面の少年が立っていた。さらりとした黒髪の下にある目付きは悪く、衣替えを無視して黒の学ランを着込んでいる。そして小脇に抱えているのは緑色の古い洋書、この少年こそ一般生徒から恐怖の対象になっている本陣達也だった。

「来たか」

達也はそう言って、緑色の洋書……『孤独の都』という名の魔導書だそうだ……を机に置いた。水姫は一度だけ中身を見せて貰ったが、全て白紙だった。それで何故魔導書なのか、水姫には理解ができなかった。

「守哉に頼むのはいいけど、結局私も行く羽目になったじゃない」

水姫が文句を言うと、達也は水姫の方にすいと近寄ってきた。身長は水姫とほぼ同じ筈だが、相対すると何故かやけに大きく見える。

「そうか」

「そうかって……それだけ？」

「他に言うべき言葉があるか？」

水姫は達也のこういうところが苦手だった。デリカシーに欠けるというか、人の心の機微に疎《うと》いというか……。

「ほれ、心理学辞典や」

「ああ、助かる」

達也は守哉から心理学辞典を受け取ると、表紙をそっと撫でる。

「ここに置いてある本を読み切ってしまったんでな。流石に辞典は読み通すのに時間がかかるだろう」

最初はその佇まいや口調は一種の芝居だと思っていたが、最近ではどうも天然らしいと水姫にも解り始めた。

「本陣君、それを前から順に読む気？」

水姫の質問に達也は肯く。

「俺は人の気持ちがよく解らん」

「そうね」

水姫は即答する。たまに見せるある種の無神経さもそういうところに起因するのだろう。

「ただ利害関係で動くというなら納得できるが、人間というやつはどうもそれだけじゃないらしい。何があったら利害関係を捨てて行動するのか、あるいは二種類の利害関係のどちらを取るのか……謎は尽きん」

どうも本人は大真面目らしい。

「本陣、お前のその発想はみずきちの地理の勉強方法と同じじゃな」

守哉の言葉に達也は眼を見開くと、心外そうな表情で反駁《はんばく》する。

「それは聞き捨てならんな。俺の理解が三十七点だと言うのか？」

思わぬ角度からの攻撃に水姫は声を失った。それは中間テストの地理の点数だ。

「ちょ、ちょっと、どうしてそれを……」

「俺を舐《な》めるな。それぐらいの情報は手にしている」

水姫は今ほど越天学園を呪ったことはなかった。こんな学校、眼の前の二人ごと滅んでしまえばいい。

「だってさー、あの答案見たら根本的に地理ってジャンルに向いてないって思うで。もしくは興味がないか」

「大問の一問目二問目を落として、残りの部分で散発的に点数を稼いでいる。まあ、まぐれの正解と見るのが妥当だな」

実際、抜群の優等生二人に成績の話をされるのはかなり屈辱的だ。裸を見られるどころの話ではない。

「みずきちの勉強方法は基本的に帰納法やな。そら、帰納法でどうにかなるようにすんのが学校教育やけどさ。興味ないのにあちこちつまんでも時間の無駄や。その点、本陣は究極の帰納法や。何でもかんでも憶えられるんなら、俺もそれがええと思うわ。ま、言うとくけど、俺かてそれなりに勉強はしてるで。ただ、無駄に勉強せんだけや。演繹法の強みや」

水姫は自分の顔が既に土気色になっているような気がしてきた。

「……ピンと来いへんみたいやからピラミッドで喩えよか。みずきち、もしピラミッド造ろうと思ったら何が必要や？」

いきなり振られた話題に水姫は頭を急回転させる。

「色々必要だと思うけど……材料の石と労働者と……あと現場監督も必要ね。そんなもの？」

不安になりながら答える水姫に、守哉はうんうんと肯く。

「そうやな、その三つでええわ。ピラミッド造る時、現場監督がなんとなく土台造って上へ上へ積んでいけばいつか完成するやろで工事始めたら、どう思う？」

「なんか随分と効率悪そうね。見切り発車もいいところじゃない」

「そう、効率悪いねん。絶対石にも人にも無駄が出るわ……ちなみにこれがみずきちの勉強方法」

「ちょっと！　さりげなく馬鹿にするのやめて」

「落ち着き。見切り発車も馬鹿にならんとこがあって、石積んでる内に完成形が見えてくるってこともあるからな。多少のロスはコストと割り切ればそんなに悪いもんでもない。ただ本陣には記憶力があるから石や人のロスを無視して土台積めるけど、みずきちは不貞腐れたように石運んでるからな。なんもせんよりはマシやけど、完成する日が来るかどうかは解らんな」

なるほど、そう言われてみるとそうかもしれない。実際、今の水姫は地理で受験しようとは全く思っていない。

「で、守哉は？」

「俺という現場監督は造る前から割とはっきりピラミッドの完成形が見えてるんや。そしたら後はそっから逆算して、いかに無駄なく効率よく石を積んでいくかだけの話や。ただ俺かて神やないから、実際やったらイメージと違うたってこともある」

強引な喩えかもしれないが、それでもイメージはよく伝わってきた。こういう話ができること自体、守哉の頭の良さの証明になっているような気がする。

「でもそれって今から受験に必要な全容をイメージしろってこと？」

「高一の段階で三年分全部見通すのは無理やろ。できる範囲で見通してみて、手動かすしかないな。それで見えてくるもんもあるしな。どちらが優れてるとかやなくて、帰納法と演繹法は車の両輪なんや。頑張りや、みずきち」

完全に遊ばれてる。これだから人の痛みが解らない優等生は。

「そもそも本陣君の話でしょ？」

「おう、そうやった。みずきちからかってたら忘れとったわ」

やっぱりからかっていたのだ。

「本陣、なんのために学生生活がある思てんねん。心理学辞典なんかのうても、人と触れ合えば心のイメージなんて勝手にできあがるんや。そんなもんに頼るのは人並みに友達や彼女作ってからでええ」

引きこもり系少年にぶつけるには極めて真っ当な正論だ。まあ、それが守哉の口から出てくることにとても違和感があるが。

「……参考にする」

今まで黙って守哉の話を聞いてきた達也がぽつりとそう答える。どこまで真面目に受け取ったのか解らないが、とりあえず心理学辞典を脇に避けてはいた。

「というわけで、普通に遊ぼうや。本陣、明日実家帰るんか？　暇やったら日本橋でゲームと漫画漁ろうや」

守哉は性懲《しょうこ》りも無く達也を誘うつもりらしい。それにしては長くて辛い前フリだった。

「いや、俺はいい」

だが、達也はあっさりと守哉の申し出を断った。水姫は完全に恥の掻き損だ。

「なんでや？　お前、そういうのも好きなんやろ。あんだけ部屋にあってんから……」

「確かに可能な限り手はつけているが……あれは先輩のものだ」

「お前、今つるんでる先輩おるんか？」

達也は珍しく苦笑して、こう答えた。

「いや、一昨年卒業した。四つ上の人だったんだ」

「あー、道理でなんか古臭いと思ったんや。若干おっさん入ってそうなチョイスやったしな」

四つ上の先輩をおっさん呼ばわりは酷いが、あまり若者らしくないラインナップだったのも事実だ。

「それに明日は用事がある。悪いがまたにしてくれ」

実に素っ気ない返事だ。守哉が相手とは言え、水姫だってもう少し気を遣う。

先輩の件もそうだったが、達也は必要のないことはあまり喋《しゃべ》らない。お陰で達也がどんな人間なのか、水姫にも未だ掴み切れていないところがある。

ふと水姫はあることに気がつく。守哉は一応、御堂家の人間だ。もしや守哉の裏切りを警戒しているのではあるまいか。

「……なら、しゃあないな」

守哉はやけにあっさりと引き下がった。もう少し粘ると思ったのだが、水姫と同じ懸念を抱いたのかもしれない。

「じゃあ、俺は今日はこれで。なんかあったら電話してくれや」

守哉はくるりと達也に背を向けて反省室から出て行ったが、水姫は見逃さなかった。

守哉の表情がイタズラを思いついた悪童のそれだったことを。

その夜の話だった。

日付が変わって六月六日の午前一時過ぎ、いきなり枕元の携帯電話が鳴った。電話に出る義理はなかったが、寝ている筈の両親への遠慮が働いて、発信元を確認する前に反射的に通話キーを押してしまった。

『ちょお聞いてくれや、みずきち。あの本棚について発見したんや』

「……何時だと思ってるのよ？」

水姫は声を殺しながら抗議する。寝入りばなを起こされてすこぶる機嫌が悪いのだ。

『あ、今パソコン開ける？　そっちの方に添付ファイル送ってんけど』

悪びれる様子なくそう続ける守哉に再度抗議しようとしたが、結局好奇心が勝ってしまった。

水姫はベッドから這い出ると、机上のノートパソコンの電源を入れ、メーラーを起動する。守哉から届いているのはＥｘｃｅｌファイルだった。開くと、書名と著者の名前が縦にずらっと並んだ表が表示される。

「これ、あの本棚の中身全部？」

『あれからソッコー自分の部屋帰って入力作業してたんや。疲れたわ』

だが、どう軽く見積もっても数百冊はあったような気がする。よく入力したものだ。

『いやー、八百七十冊もあってしんどかった』

越天学園のすぐ隣には御堂家の住居がある。守哉の通学時間は片道五分にも満たない筈だ。帰って即入力作業に取りかかったとして、三十秒に一冊入力していかないと間に合わないペースではないのか……。

「一件一件手打ちしたの？」

『あー、ちゃうねん。今はＯＣＲって、画像データから文字を読み取ってくれる便利なもんがあるんや。読み取りにも精度の良し悪しがあるから、もしタイトルや作者名に変な誤字あってもご愛敬《あいきょう》やな』

そんなもの手打ちの手間を考えれば、充分にお釣りが来る。

『ま、ＯＣＲの吟味と読み取りのテストで五時間使ったけどな。色んなソフトあったから十数本試してしまったわ。結局、三番目に試したやつが一番良かったなあ』

何故そこで無駄な労力を割《さ》けるのか解らなかったが、結果が出てるのでまあいいとしよう。

「で、テキストデータ起こしただけじゃないわよね？」

『当たり前や。今非表示になってる折りたたみ列開けてみ』

折りたたみ列を開けると、ミステリかそうでないかと、重複本かどうかをチェックしている二つの列が現れた。

『ミステリは蔵書全体の約半分やな。ダブり本、トリプり本は主にミステリ側に寄っとったわ。残り半分はその他って呼ぶしかないぐらい乱雑やったけど、その他の本にも特徴を見つけた。カ行んとこ見てみ』

見れば、一画面に収まらないほど梶山季之《かじやまとしゆき》の行があった。梶山季之の本は水姫も一冊だけ読んだことがある。

「……梶山季之の本がやけに多いわね」

『やけになんてもんやない。梶山作品がダントツで多い』

達也の蔵書にある梶山作品は全部で四十一冊だった。

「この人、こんなに本書いてたの？」

『ほんまはもっと沢山書いてる。これで著作の半分ぐらいやろ。ジャンルも小説から実録モノまで色々や』

水姫は携帯電話を頬と肩の間に挟むと、検索バーに「梶山季之」と打ち込み、Wikipediaを開く。確かに守哉の言う通り、べらぼうな量の著作があった。

『何か偏りがあるかなと思って発売時期やジャンルを調べてみたけど、特に偏りはなかったわ。前期から後期まで、どのジャンルも何でも集めてる感じやな』

「じゃあ、何も分析できなかったってこと？」

『いや。実のところ、ちょっとだけ仮説があんねんけどな……』

「何？」

『ま、夜も遅いし、また明日やな。そんならおやすみ』

「ちょっと……」

水姫の抗議も聞かず、守哉は完全に言いたいことだけ言って切ってしまった。


午前十一時前、水姫は携帯電話への着信で叩き起こされた。

結局眼が冴えてしまった水姫は積んでいた小野不由美《おのふゆみ》の『屍鬼《しき》』を文庫の頭から二巻の途中まで読んでしまい、就寝できたのは外が明るくなる頃だった。

両親が家にいないのを幸いと、昼まで寝てやろうと思っていたのに。相手は見なくても解る。恨みがましい思いで通話キーを押す。

『おはよう、みずきち。朝から張り込んで、本陣が影村寮出ていくところを尾行したんや』

「……誰が実況してって頼んだ？」

とは言え起きてしまったものは仕方が無い。水姫はベッドから出て、携帯電話を耳に当てながら一階のキッチンまで移動する。

『で、最初は近所のフジケイ堂に入っていきおった』

フジケイ堂は矢田山商店街にある古本屋だ。近鉄奈良駅前にも支店がある。

『しばらく本を物色して、それから坂下りたとこにあるブックオフに移動した』

水姫は首と肩で携帯電話をホールドして、マグカップに牛乳を入れる。

「今、本陣君は？」

『ん？　ブックオフ出てから郡山行きのバス乗ったで。運転手になんか見せてたけど、あれは奈良交通の一日周遊パスやな』

寮暮らしの達也には通学定期を持つ理由はない。もし使うとしたら周遊パスぐらいのものだろう。

「……それで尾行に気づかれたのね。お疲れ様」

『ま、待ちいな。終わりやのうて、小休止やねんから』

水姫が電話を切ろうとする気配を察知したようだ。

『古本屋巡りしてんねんから、どうせ郡山駅前の古本屋にも行くやろ。だったら慌てんでええやんか。実際、こうして電話する余裕もあるっちゅうもんや』

「自転車でバスを追い抜くつもり？」

『あのバスは無駄にうねうねしたルートを走るからな。けど終着点は決まってる。チャリで最短距離突っ切れば充分間に合うやろ。そんならそろそろ追っかけるわ』

住宅街を猛スピードで駆け抜ける守哉の姿が容易に想像できた。事故だけは起こしてくれるなと思いながら、水姫は牛乳を飲んだ。

次に電話がかかってきたのは午後三時前、リビングで『屍鬼』の続きを読んでいる最中だった。

『ご機嫌いかが、みずきち』

「……今、いいところだったんだけど」

そうは言いながらも、水姫はスピンを挟んで手元の本を閉じる。

『俺の読みはドンピシャやった。本陣は郡山駅前の古本屋回った後、またバスに乗った。郡山から西ノ京方面に進んで、そのままじわじわ北上、今は西大寺や。で、近辺の古本屋に必ず寄ってるわ。こうまで解り易いと尾行の張り合いがないなあ。本陣出てくるまで外で飲み食いして待っててんねんけど、そろそろ腹もパンパンや』

「で、結論を聞かせてくれない？」

話しながらキッチンへ移動した水姫は携帯電話を肩で挟むと、今度は紅茶を淹《い》れる準備を始めた。守哉のお陰でどんどん器用になっていく。

『俺が思うに、あいつはせどりしとるんと違うかな』

せどりとは古本屋で相場より安く売られている本を見つけ出して利ザヤを稼ぐ行為だ。プロのせどり屋はそれだけで食っていけるほど稼ぐらしい。

「私もそう思ってたところよ」

別に負け惜しみではない。水姫が唯一読んだ梶山作品は『せどり男爵数奇譚』、まさにせどり屋の物語だった。

『街で見つけたプレミア本をあの棚に挿しといて、頃合いを見て売り払うんや。あれだけ元手があれば足代五百円でも充分浮くやろ』

「なるほど、奈良駅方面は実家に帰った時に充分回れるものね。で、今本陣君はどこに?」

『ならファミリーの古本市まで一緒やっててんけどな。ついさっき見失ったわ。この辺の古本屋はもう回った後やったし、どこにいるんか解らへん。もう帰ったかもな』

まあ、わざわざ尾行しただけの価値があったかどうかは微妙だが、達也がせどり行為をしていたというのはらしい話だ。あの記憶力があれば各本屋の相場や在庫も憶えていられる。

「本陣君は五百円の投資で充分なリターンを得て、守哉はただただ買い食いで浪費したってことね」

『まあ、それはまったくもってそうやねんけどな』

「ご苦労様。今日はもう帰ったら?」

結局、沢山あった梶山作品の謎は解けなかったがもう充分だろう。守哉が特別訝《いぶか》しがったただけで、案外大した理由でないかもしれない。

だが水姫が茶葉をティーポットに入れ、お湯を注ごうとしたら守哉から予想外の言葉が飛んで来た。

『実はならファミリーの前にチャリ停めとったら、撤去されてもうた。おまけに金もない。なあ、助けに来てくれへん？』

「この馬鹿！」

水姫はすんでのところで茶葉にお湯を注ぐのをやめ、外出するための支度を始めた。


「いやー、みずきちが高の原に住んでて助かったわ」

数十分後、大和西大寺の北改札口を出た水姫を守哉が恭《うやうや》しく出迎えた。まあ、水姫の機嫌を損ねたら郡山まで歩かないといけなくなるのだから当たり前か。

「……五時には帰るわよ」

今は午後三時半過ぎ、帰り道に駅前で母親から頼まれた夕飯の買い物をしておきたい。それに『屍鬼』が実にいいところで止まっているのだ。電車で読める時間なんて僅《わず》かなのに、ついバッグに入れてきてしまった。

「今日が平日ってのをすっかり忘れてたわ。あいつら、人でなしやで。俺が目離した隙に撤去しやがるんや。ほれ」

守哉が指した看板には自転車撤去についての注意書きがあった。保管先は新大宮、保管料は二千円だ。新大宮は隣駅だからまだいいが、高校生の身に二千円は痛かろう。

「かー、二千円。明日、ここまでの交通費込みで返すわ」

「西大寺は定期の範囲内だから別にいいけど、御堂家に連絡したら早かったんじゃないの」

水姫の何気ない言葉に、守哉は何とも言えない表情でこう応えた。

「……家のやつに貸し作りたないねん」

理由は解らないが、守哉も御堂家に何か思うところがあるらしい。

「ま、お前らなら貸し作ってもええけどな……って電話や。知らん番号やけど誰やろ」

と、特に警戒することもなく電話に出る。守哉のこういうところはやはりお坊ちゃんだ。

「誰？」

水姫の問いに「ほ・ん・じ・ん」と口だけ動かして、電話の相手が達也であることを伝えた。

「わざわざ店の電話からかけてこんでもええやろ……そうか、尾行バレとったか。で、お前どこに隠れたんや……西大寺第二ショッピングセンター？　そんなとこ解るか。南改札口側なんて西大寺の寂しい方やんけ」

北改札口の前にいるとは言え、よくそんなことを地元で言うものだ。袋叩きにされても文句言えない。

「みずきち連れていくわ……あ、俺アカンわ。今すぐ出発せんと。おう、またな」

水姫が電話を切った守哉に訊ねる。

「答え合わせに行かないの？」

守哉はかぶりを振って、お手上げのポーズで応じる。

「保管所が四時半までらしいわ。どうせ新大宮やから走っても間に合うけど、戻ってきてもなあ」

確かに水姫が五時ぐらいには帰ることを考えるとやや微妙だ。

「それに答え合わせってガラやないんや。これでも優等生やしな……もうちょい考えてから聞くわ。あ、本陣は西大寺第二ショッピングセンターの一階にある喫茶店にいるらしいわ。近鉄関係の施設っぽいから、駅の地図にも載ってるやろ。じゃ、またな」

そう言うと、守哉はどこか悔しそうな表情で東の方へ走り去って行った。


南改札口側を大和西大寺の寂しい方と言うのは少々語弊がある。地元住民向けの商業施設が多いのが南改札口側で、外部向けの商業施設が多いのが北改札口側という、それだけの話なのだ。

水姫は定期で一度駅構内に入り、南改札から外へ出る。階段を降りれば道路を挟んですぐに西大寺第一ショッピングセンターがあった。一階は丸々近鉄のスーパーが入っていて、それより上はマンションらしい。水姫は道路を渡り、スーパーを横目にアーケードを歩く。

アーケードを少し歩けば、西大寺第二ショッピングセンターはすぐそこだった。第一に比べると床面積はずっと少なく、本当に地元住民向けという感じがする。スーパーの上に居住スペースがくっついているのが第一、逆に居住スペースの下に飲食店がくっついているのが第二という印象だ。

喫茶店は一つだけ、オーナーが好きでやっているようなレトロな雰囲気の店だ。

水姫が客の気配のない店をそっと覗くと、馴染みの顔が手元の活字を追っているのが見えた。

「お待たせ」

「ああ」

水姫が向かいの席に腰を降ろすと、達也は本を閉じながらそう言った。テーブルの上で空になったジュースのグラスが充実の時間を物語っている。

注文を取りに来た褐色の肌をした美人店員に水姫がコーヒーを頼むと、達也も追加で同じものを頼んだ。

「朝からあいつに尾行されているのは気がついていたが……一体何をしていたんだ？」

「君の本棚見て、守哉が興味を持ったの」

水姫は事の経緯をかいつまんで説明した。

「そうか、せどりまで言い当てたのか」

「やっぱりせどりだったの」

「半分はな。俺のせどりはただの趣味で、別に大した儲けにはならん。本を買って、喫茶店に寄れば消えるようなものだ」

まあ、マイナスにならないだけ大したものだと思うが。

「結局、あの本棚の中身がカオスだった理由ってなんなの？」

水姫は根本的なことを思い出した。これを訊かないことには守哉に振り回された今日の収支はマイナスのままだ。

「梶山季之は知ってるか？」

「君の本棚に沢山挿さってたわね。ダブりなく」

「ああ、あれは別にコレクション目的でもせどり目的でもない。強いて言えば、ここ関連の話だ」

そう言って達也は下を指差してみせる。おそらくこの喫茶店か、このビルのことを指しているのだろう。

「この店？」

「この店かどうかは解らん。だがこのビルができたばかりの頃、、梶山季之が立ち寄ったことがあったそうだ。その当時だからか、随分とモダンな建物だと褒《ほ》めそやしていたとか。きっと奈良に滞在する用事があったんだろうが……」

まだ短い付き合いだが、いつも自信に満ちた達也にしては歯切れの悪い言葉だった。

「珍しく頼りない言い方ねえ……」

コーヒーが運ばれてきたが、達也は口を付ける前から渋面をつくっている。そして何も入れずにコーヒーに口を付け、また苦い顔になる。

「……てっきりあの店員さんが目当てなんだと思ってた」

件《くだん》の店員に聞こえないよう、少し身を乗り出してそう言うと、達也は吐き捨てるように「初対面だ」と答えた。

「あと梶山季之に関して曖昧な物言いになるのは仕方ない。俺だって確かめたわけじゃないからな」

「誰かから聞いた話ってこと?」

達也はバツの悪そうな様子でカップに砂糖を放り込み、スプーンでかき混ぜる。つられて水姫もいつもより余分に砂糖を入れてしまう。

「死んだ母親がそんなことを話してくれたことがあるんだ」

カップを口に運んでいた水姫はその言葉にはっとして、甘さを忘れてしまった。

「……西大寺第二ショッピングセンターが完成したのが一九七〇年、梶山季之の没年が一九七五年だから一応計算は合う。もしかしたらここに立ち寄った時点で『せどり男爵』の構想もあったのかもしれないな」

「もしかして梶山作品を集めていたのは、その裏付けを取るため？」

「そうだ」

達也はこめかみを掻きながら、口元を少し歪《ゆが》めて同意した。

「エッセイなのか小説なのかも解らないから、古本屋を巡って集めている。今日も二冊ほど見つけた」

「その割には一九七〇年以前の本も集めてたじゃない」

「まあ、その一冊が見つからないというのもあるんだが……」

そう言って達也はまたカップに口を付ける。水姫はその答えを聴くべく、神経を集中させた。

「俺は他人がよく解らない。自分の母親でさえもだ」

その言葉のお陰で、水姫の中で何かが繫がりそうだった。

「なんだかふんわりとした人だった。勿論、母親として俺に色々なことを教えてはくれたが、結局あの人が何を考えて俺を産んで、何を考えて死んでいったのか俺には未だに解らないんだ。だが今でも知りたいとは思っている」

そうだ。これは帰納法のアプローチではないのか！

「もしかしてあなたの本棚の内容がバラバラなのは、別々の人の趣味の集合だから？　そうやって理解しようとしたのね？」

あの本棚だけではない。漫画もゲームも、いや倉庫部屋そのものが達也が他人を理解しようとした痕跡なのだ。きっと自分の好きな人間の好きなものを取り込めば、その人間を理解できると考えているのだろう。

「悪いか」

達也は拗《す》ねたようにそう言うと、黙り込んだ。昨日成績をいじられたお返しという意識が先に立って、ついまくし立ててしまった。

「そういえば守哉ね、帰れなくなっても家の人に頼らなかった。君と同じように、御堂家に何か思うところがあるみたい。一つ一つ積み上げていく君には全然足りないかもしれないけど、それを根拠に守哉のこと信じてみたら？」

「……そうしてみるか。お前たちに免じて」

達也はどこか素っ気ない口調でぽつりと答える。だが、水姫には何となく今の言葉が達也の心からのものだという気がした。

「しかし、そいつのことを知らずに信じるというのはなんだか気持ちが悪いな。一つ、守哉の好きなゲームでも……」

そこまで言った時、達也の視線が水姫のバッグの方へ向いた。

「その本は？」

『屍鬼』の本の背がはみ出ていたのが視界に入ったらしい。

「小野先生の『屍鬼』よ。とっても面白いんだけど、私が読み終わったら読む？」

水姫がそう言うと、達也の顔は妙に味のある表情に変わった。

「ああ、俺はホラーは……」

と言いかけて、すぐにこう言い直した。

「……いや、是非読ませてくれ」

その言葉は達也が水姫や守哉に気を許し始めた証だった。

本陣君のお母様、名前も知らない先輩様。あなた方のお陰で本陣君は人の心をなんとか学んでいるようです。そして、私や守哉をあなたたちの隣に並べてくれました……。

「少しは人の心が解るようになったのね」

「別に解らなくても困らないがな。俺は一人きりでも生きられる」

「強がっちゃって。友達ができるのがそんなに怖いの？」

水姫がからかうと、達也はもういつもの仏頂面に戻っていた。そしてコーヒーを一口飲むと、こんな風に嘯《うそぶ》いてみせた。

「まあ、誰かといた方が退屈しないのは事実だからな」

勇敢な君は六人目

「返して」

旧校舎の反省室に少女の懇願がもの悲しく響く。

「その手帳がないと困るの」

複数の男女に囲まれながら彼女……青江《あおえ》涙《るい》は絞り出すような声で彼らのリーダーである学ランの少年にこう訴えかける。

「……大事なものだから」

だがそんな涙の様子を水姫は醒《さ》めた眼で見ていた。同じ高二だが涙のことはあまりよく知らない。けれど、あんな泣き落としに引っかかるような馬鹿な男しか相手にしてこなかったのだということだけははっきりと解った。

桜田水姫は黒縁メガネにおさげというクラシカルなスタイルに身を包んだ少女だ。しかし残念なことにその蛇のように冷たい眼はメガネでも誤魔化しきれず、陰で腹黒文学少女と呼ばれている。

しかし腹黒というのはその通りだった。水姫には人を値踏みする悪い癖がある。

私ならもっと上手くできるけど……それでも泣き落としは相手を見てやるべきだ。こと、相手が本陣達也なら尚更だ。

「悪いが泣き言を聞くつもりはない」

達也は高校生らしからぬ強面と頭脳の持ち主だ。体格は中肉中背だが相対すると何故だか実体以上に大きく見える。いや、高一の時はもう少し小さかったからこれでも成長した方なのだが。

達也が越天学園へ叛旗《はんき》を翻したのは中学三年のことだ。以来この旧校舎の反省室を拠点に探偵活動を行い、越天学園を経営する御堂一族の弱味を探し続けている。

「では、お前はこの手帳のために何を支払う？」

反省室の基本理念はギブ＆テイクだ。問題を解決してやる代わりに対価を差し出さなければいけない。それは自分の秘密であったり、誰かの秘密であったりする。水姫にしてもある事件で達也に弱味を握られたのがきっかけで達也の仲間になったようなものだ。

「お金なら出すから」

涙は封筒を達也に差し出す。達也が封筒の中身を改めると、一万円札が三枚出てきた。

「なるほど、高校生にとって三万円というのはかなりの大金だ。数年後に働いて手に入れる三万円とは価値が違う」

達也の言葉に涙の眼はにわかに輝き出す。

「それじゃあ……」

だが、達也は涙へ封筒を突っ返した。

「俺の欲しいものはこれじゃない。それより何故この手帳が大事なのか教えてくれ」

「それは……言えないの」

「だったらせめて持ち主であることを証明してみせろ。それで返してやる」

「証明って……どうすればいいの？」

「簡単だ」

そう言って達也は手帳を開く。すると、そこにはアルファベットが整然と入り乱れていた。まともな神経の持ち主なら一分と直視していられないだろう。

「ほんの少しでもいい。この手帳に何が書かれているのか教えてくれたら返そう。持ち主なら解るだろう」

達也が開いた手帳を持って迫ると涙は小さく悲鳴を上げた。その表情に浮かんでいるのは恐怖だ。

「もう、そんな気持ち悪い手帳いらないわよ！」

そして涙は叫びながら、封筒を握りしめて反省室を飛び出していった。

「……これ、俺ら完全に悪役やんか」

隣で一部始終を見守っていた守哉が呆れ顔でそうぼやいた。

御堂守哉は赤い短髪がトレードマークの、越天学園きっての悪童だ。またその姓からも解るように経営者一族に連なる者でもある。ただ、本人は一族に何か思うところがあって達也に進んで手を貸しているらしい。

「ただでさえあの面倒臭い生徒会からマークされてんのになあ……全面戦争待ったなしやんか」

越天学園の生徒会というのは世間一般のそれとは異なり、御堂家の意向が強く働いている特殊な組織なのだ。生徒のためというよりは学園のために職務を遂行しているフシがあり、一部からは憲兵隊と揶揄《やゆ》されている。

だから越天学園側にいなければならない筈の守哉が生徒会を気にするのは当然の帰結だ。

「いっそ生徒会に移籍してみたら？　住めば都かもよ」

「あいつら、この学園を千年王国か何かと勘違いしてんねんで？『ロウの清きに魚も住みかねて　もとの濁りのカオス恋しき』ってオチが待ってるに決まってるやろ！」

ちなみに守哉は達也に弱味を握られているという苦しい言い訳でなんとか今の立ち位置をキープしようとしているそうだ。まあ、達也が特例のような立場を認められているのも理事の一人を脅迫しているためなので、一応の説得力はある。

「僕も御堂と同じ意見だよ。青江さんとクラス一緒なんだからちょっとは配慮してよ」

慶太《けいた》はそう守哉に同意してコーラを飲む。見事なジャイアン体型の慶太だが、生憎腕力はない。

「あとで『あのデブが助けなかった』とか陰口叩かれるんだよ。絶対そうだって」

「とりあえず禁コーラして痩せたらええやん。『あることあること』が『あることないこと』ぐらいになったらダメージは軽くなるで」

「失礼な！　僕は自覚を持ってハイカロリー生活を送ってるんだよ！」

だが体型のことを言われるとネガティブな反応を返すあたり、割り切れないものを抱えているらしい。

有雅《ありが》慶太はかつてその性格と体型のせいでいじめを受けていたが、手先の器用さを達也に買われて反省室の一員になった。それ以降、慶太が直接いじめられることはなくなったが、その代わり腫《は》れ物に触るような扱いを受けている。

まあ、その点に関しては水姫も守哉も似たようなものだ。達也の恐ろしさを知っている同級生たちは達也の仲間との深い付き合いを自然と避けるようになった。

「もうええやん。ショッカーごっこも飽きたし。持ち主に返したろうや。なあ、みずきちもそう思うやろ？」

守哉はニヤニヤしながら水姫に同意を求めてくる。

水姫はため息をついてこう答えた。

「返すも何も……名乗り出た持ち主って青江さんで四人目じゃない。誰に返すわけ？」

発端は今日……六月四日の昼休み、水姫と守哉がクラスの用事で立ち寄った第二体育館で例の手帳を見つけたことだった。

「落とし物かしら」

水姫は特に躊躇うこともなく中身を見た。持ち主が解らないことには返しようがない。

「何これ……」

手帳には大文字と小文字が入り交じった文字列が何ページにも渡って書かれていた。どこをどう読んでも意味が取れないので、水姫はだんだん気分が悪くなってきた。見れば、横から覗いていた守哉も顔を歪めている。

「うわ、キモッ。どこのヴォイニッチ写本や……これ、暗号か？」

守哉の言う通り、多分何かの暗号なのだろうがこれでは持ち主に返すどころではない。

「おい、この手帳お前らのちゃうか？」

守哉が近くでバスケに興じている生徒たちに大声で呼びかけると、皆その足をぴたりと止めた。背は低くても学校一の悪童、無視したらどんな目に遭わされるか解らないと思ったのだろう。

だが彼らは一様に心当たりがないようで、曖昧に首を横に振った。

「解った。俺らが預かっとくから、心当たりがあるモンがおったら反省室に来いって言っといて」

越天学園は大和郡山市の山奥にある。敷地は無駄に広く、だからこそロクに使われていない旧校舎なんてものを潰さずに置いておくだけの余裕があるのだ。

教室へ戻る道すがら、守哉はキモいキモい言いながらも手帳の中身を食い入るように眺めていた。

「……なんか、ざっくりと法則が摑めたかもしれん」

教室に戻った守哉は自分の席に座ると、水姫を招きよせて説明を始めた。

「記述に書式みたいなもんがあるんや」

水姫が手帳をパラパラ眺める。あまり見つめていたくない気持ち悪さがあるが、書式の存在を意識するといくらかマシになる。

「あら、書式が前半と後半で全然違うのね」

「そう、何書いてあるか全然解らんけどそれだけは解る。あ、けど前半の方には必ずスラッシュが使われてるな……もしかしてこれ」

守哉がそう言いかけた時、昼休み終了のチャイムが鳴ってしまった。水姫は諦めて自分の席に戻る。だが授業が始まっても守哉が手帳から視線を外すことはなかった。そしてそれは放課後まで続いた。

「なあ、みずきち」

終礼が終わってすぐ、守哉は水姫の席に飛んで来た。そして前の席を無理矢理奪うと、手帳を開きながらこんなことを言う。

「この手帳で使われてるアルファベット、大文字と小文字合わせて36種類しかないで」

呆れた話だ。授業を丸二つも潰して何をやっているのだろう。

「36種類って……別にキリのいい数字でもないでしょ？」

「ええか。アルファベットは26種類、数字は0～9までで10種類、合わせて36やんか」

「ああっ！」

そう言われれば水姫にも解る。つまりこの手帳の中身はある法則に乗っ取って置き換えられている可能性が高いということだ。

「まず変換表を作らんとな」

守哉はルーズリーフを取り出し、アルファベットと数字、計36文字を書き出していく。

「ある程度予想がつく箇所もあるな。前半部のラストにあった『a/vX』や『R/N』が日付やと推理すると、aとRは月を表してるってことになる。aは5、Rは6と考えるのが自然やん？」

守哉は話しながら5の横にa、6の横にRと書いた。これで全36種類の内、まずは二つ解ったことになる。

「ということは、前半部を四月、三月、二月、一月……と遡《さかのぼ》ったら、他の数字も解るんじゃないの？」

しかし水姫の意見に守哉は首を横に振る。

「ところがや。この手帳には四月より前の記録があらへん。ま、それでとりあえずPが4ってことは解ったけどな」

そう都合良くことは運ばないか……。

「けど、約二ヶ月分の記録だけで充分解ることもある。日付の組み合わせなんて決まってるからな。そもそも一月《ひとつき》は二月を除いて三十日ないし三十一日や。ということはハマる数字は限られてくる。

手帳に書かれた日付が時系列順に並んでいると考えたら、十何日のブロックと二十何日のブロック、そしてちょっぴりしかない三十何日のブロックがあるわけや。それで1から3まで確定できた。1はq、2はN、vが3やった」

あっという間に1から6までが解ってしまった。

「まあ、こっから先はちょっと面倒臭そうな気がすんねんな……とりあえず本陣に報告しよか」

そんなわけで反省室に手帳を持ち込んだ二人は達也に一部始終を説明した。

「暗号化された手帳か。興味深いな」

達也はそう言って手帳を眺めながら口の端を少し持ち上げる。

「……後半部に出てくる文字列だが、前半部に何度か出てきてるぞ」

日付部のすぐ後ろにはやや長い文字列が並んでいた。長さはまちまちだが、平均すると14文字前後か。

「おう、ホンマや。よう気がついたな」

達也は一度見たものを忘れない能力を持っている。後半部を読みながら記憶の中の前半部と照会するなんてことは訳のない芸当だろう。

「ミニマム6文字、マックスで18文字ということから考えて、おそらく人物名だろう。勿論、解読してみないと解らないが」

「いや、それで多分合ってるわ。後半、人物名らしきとこの後ろに数字ばっか固まってる。これが電話番号やろ。そんで、その後ろにあるのは多分メアドやな。流石にドメイン部分は一文字で省略してるけど、ほぼ三種類しかないわ。きっとドコモとａｕとソフバンやろな」

達也は不動の学年トップだが、守哉も学年で十指に入る優等生だ。水姫は純粋な頭のキレでは守哉の方が達也よりも上かもしれないと思っている。

「待って。だったら前半部で日付と人物名が並んでいるのは、何かのアポイントメントを意味してるってことにならない？」

水姫の意見に二人が肯いた時、慶太が誰かを伴って現れた。

「お客さんだよ。B組の山下《やました》君。落とした手帳を返して欲しいんだって」

そうやって慶太が連れてきた山下慎二《しんじ》を皮切りに、宮村知花《みやむらちか》、倉橋涼介《くらはしりょうすけ》、青江涙と立て続けに四人の訪問者が来たというわけだ。おまけに四人が四人とも手帳の所有権を主張して返還を求めた。勿論、先の三人も先ほどの青江のように誰一人として自身が所有者であることを示すことができなかったのだが。

「山下は土下座、宮村は色仕掛け、倉橋は力ずく、んで、青江でとうとう金ずくや。この手帳、どんだけの価値があんねん」

その時、部屋がノックされた。

「五人目かな？　次はどんな手で来るか楽しみやな。開いてるで！」

だが入って来たのは伊園赤女《いそのあかめ》だった。

「先輩たち、どうしはったんですか？」

赤女はツーサイドアップにまとめた頭を少し揺すると、きょとんとした顔でそう言った。

赤女も反省室のメンバーで水姫たちの一年後輩だ。達也のことが気に入ってわざわざ押しかけてきた変わり種である。ただ、学祭実行委員会に入っているお陰か学年の垣根を越えた繋がりがあり、割と役に立っている。

「いや、新しいお客さんかと思っただけや。まあ、手短に話そか」

守哉はざっとここまでの事情を説明した。

「……てなわけで今回の主人公は奈良のシャンポリオンの異名を持つ俺や」

「そうなんですか。あ、本陣先輩、さっき税所先生が盗まれた実験器具が戻ってきたって言うてました」

「リアクション薄っ！」

守哉のツッコミが虚しく反省室に響いた。

「だから犯人捜しはまたその内でいいって」

税所密香は化学の教師だ。春休み明け、彼女から化学準備室で盗まれた実験器具の捜索を依頼されたが、優先順位が低かったのでずっと放置されていたのだ。

「なんもせんと解決して良かったやん。待てばカイロのヒエログリフやな。シャンポリオンだけに！」

ちょっと上手いが、赤女は拾えなさそうな気がする。

「ところでさっき税所先生から教えてもろたんですけど、六月六日って創立記念日で休みになるんですね！」

案の定、守哉のボケを殺しながら赤女はそんなことを言った。眼を輝かせていることから推察するに、高等部から入った赤女にとって創立記念日は甘美な祝祭日に見えるらしい。

「それで……先輩たちは創立記念日をどう過ごされますか？」

赤女は「先輩たち」とは言いながら達也の様子をチラチラと窺っている。できれば達也と一緒にどこかに行ってみたいのだろう。

「なあ、カメちゃん」

「その呼び方、止めて下さいって言ってるやないですか！　ウチ、そんなにノロないです」

守哉には人を勝手な仇名《あだな》で呼ぶ癖がある。だが守哉が一度そう呼び出したら変わらないのだということを水姫は一年かけて学んでいた。きっと赤女もその内、諦めるだろう。

ただ実際のところ、赤女はしっかりしてそうでいて抜けている。

「六日、日曜日やで」

「あ……」

赤女は守哉の指摘に声を失う。四日の今日が金曜なら六日は日曜とすぐに解っても良さそうなものだ。まあ、そういう天然なところがあるから憎めないのだが。

しかしあれからもう一年が経ったとは。この一年、実に色々なことがあった。慶太や赤女という仲間が増えたというのもそうだが……何より達也の復讐は着実に進行している。弱味も随分集まった。一年前は水姫も半信半疑だったが、今ではもうじき復讐を遂げてしまうかもしれないという気がしていた。

「そうか、今年の六月六日は日曜日なんだな」

「いきなりどうしたの？」

「いや、あやめ池遊園地が閉園した日も六月六日の日曜日だったんだ」

あやめ池遊園地はかつて近鉄グループが経営していたアミューズメント施設だ。奈良北部で幼少期を過ごした者なら一度くらいは行ったことがあるのではなかろうか。

だが少子化や娯楽の多様化、それと大阪にＵＳＪができたことが重なり、地元住民に惜しまれながら２００４年に閉園した。もう六年も前の話だ。

「閉園日に行ったの？」

「まだ外出できた頃の母親とな」

達也の母親はもう他界している。水姫も詳しくは知らないが、彼女の死には御堂家が深く関わっており、それが達也を復讐に駆り立てているらしい。

「それを抜きにしても、最後のデカレンジャーショーが良かった」

『特捜戦隊デカレンジャー』のことだ。ただ、水姫は特撮に詳しくないので知らない。

「ヒーローショーの筋なんてどれもだいたい同じじゃないの？」

「そうだな。ショーの中盤を過ぎて、当然のようにデカレンジャーはピンチに陥る。まあ、お約束というやつだ。だが、この先がいつもと違った。デカレンジャーのピンチに歴代の戦隊たちが駆けつけるんだ。そして敵にこう語りかける。『俺たちはこの遊園地の平和を二十九年間守り続けてきたんだ』となｍ。その台詞に俺は何だか解らず胸を熱くしただけだが、客席にいた大人たちは泣いていたな」

ああ、それは確かに泣かせる台詞だ。いや、むしろ子供より大人の方が泣くのではないか。特にあやめ池遊園地にお世話になった人間は……。

しかし水姫は達也の語るエピソードに興味が湧いた。上手く話を引き出せたら達也の過去が詳しく解るかもしれないのだ。

「あー、デカレンジャーな。俺はジャスミンが好きやった」

「僕はウメコ派なんだけど」

守哉と慶太の茶々で、達也の思い出話が台無しになったのが解った。折角のチャンスを……これだから男子は！

「まあ、デカレンジャーはヒロインたちも良かった」

達也の言葉にその場の全員が驚いて達也の顔を見る。これまで達也の口から色っぽい話が出たことはなかったからだ。

「おい、どうしたんや本陣。第二次性徴か？」

「スワンさん、良かったじゃないか」

達也がそう言った瞬間、男子たちが何かを納得した様子でため息をついた。

「あー、それでこの学校の生徒ではピクリともせんわけや。ああ、この話やめにしよ」

「ウチは先輩の第二次性徴に興味があります！」

「いや、ええてカメちゃん。そういうの、二人きりの時にやって」

「二人きり。そんな……」

赤女は赤くなって俯く。赤女は可愛い顔をして実はむっつりスケベなのだ。

「閉まるで思い出したけど、そういやキャノンショットも今月末でおしまいらしいわ」

「キャノンショットってなんですか？」

赤女が首を傾げる。八木から通っている彼女は通学で大和西大寺を経由しないから知らないのも無理はない。

「西大寺のゲーセンや。駅からちょっと遠いけど、カラオケもついてるでっかいハコでなあ。結構遊べて良かったのに」

「そういえば俺も昔、何度か先輩に連れて行かれたたな」

先輩というのは達也の話に時折出てくる人物だ。人物像は不明だが、達也の人格形成にそれなりに深く関わった人らしい。

「奈良のゲーセンってガンガン潰れてるよね。お陰で僕も家ゲー派になっちゃった」

「はあ。もう奈良に娯楽はない……智恵子やなくても泣くっちゅうねん」

「つまりノーゲーム・ノーナラですね」

ふふんと得意げな顔をしている赤女に守哉が渋い顔をする。

「……カメちゃんは英語の成績がアレやからなあ」

「ウチ、何か変なこと言いました？」

「まあええわ。そのノーゲーム・ノーナラになる前にみんなで行かへんか？」

「いや、俺は遠慮しておく。あそこはうるさいから苦手でな。お前たちで行ってくれ」

達也のつれない返事に赤女が露骨にがっかりする。

「なあ、守哉。今気がついたんだが、もしも手帳の後半が連絡先だとして……青江がそこに入ってたとしたらどうだ？」

達也の指摘に守哉ははっとした表情で手帳を捲《めく》る。

「確か六文字は一個しかなかった……おう、ピシャンコやん！」

言われてみれば青江涙という名前はほぼ母音だけで構成されている。リストから探すのは容易《たやす》かろう。

「青江涙って最高の名前やな。ア行全部含まれてるやん。母音が全部解ったで！」

母音さえ判明してしまえば解読作業はかなり捗る。

「おう。山下、宮村、倉橋もおるな。凄い勢いで解読表の空欄が埋まってくわ……っと、おいおい大森《おおもり》もおるやん！」

その名が出た瞬間、慶太がびくりと反応する。大森はかつて慶太をいじめていたメンバーの一人だ。水姫にしてみればサッカー部のチャラい男という以上の印象はないのだが。

「よっしゃ、一狩りいこか！　大森なら手加減せんでもええやろ」

まるでゲーム感覚だ。

体軀こそ小さいが守哉の腕っ節はかなりのものだ。一対一の喧嘩で守哉に勝てる男子はいないとまで言われている。守哉が暴力に訴えれば大森も何か吐くかもしれないが……。

「やめろ守哉。大森はともかく、今はまだ手帳の持ち主に警戒されたくはない」

守哉が肯くのと、赤女が挙手するのが同時だった。

「どうした伊園？」

「いえ、学祭実行委員の後輩ちゃんたちが、中学棟でたまに高等部の生徒を見かけるって話をしてたんです。詳しく聞いてみたら、それがどうも大森先輩やったみたいで。何か関係あるかなって……」

達也は何か得心が行ったように肯く。

「なんとなく正体が摑めてきたが……ここは一つ、おとり捜査といくか。桜田、お前には連中をおびき寄せるためにメールを打ってもらう」

「あとで面倒なことにならないならまあいいけど……どうやって信用させるの？　私がいきなりメール送っても怪しまれるでしょ？」

「手帳に取引相手の連絡先を書いているということから考えると、手帳の主は万が一を警戒して携帯電話には履歴すら残してない可能性が高い。そこを逆手にとって、メールアドレスの内一つをお前のものに書き換えた手帳を丸々一冊偽造する」

「でも偽造って、誰がやるの？」

何気ない様子で慶太が訊ねる。

「有雅、お前以外にできる人間がいると思うのか？」

「んもおおお、なんなんだよおおお。また人を勝手に計画に組み込んでえええ！　僕、今夜はプラモ仕上げるつもりだったんだけど⁉」

慶太は全身を掻きむしりながら叫んだ。

「流石のお前でも無理か」

「無理だなんて言ってないだろ……僕を誰だと思ってるんだ。ゴッドハンド有雅を舐めるな。一晩でやってやるよ！」

慶太は気難しいが案外乗せやすい。達也は慶太を動かすツボをもう心得ているようだ。

「それと守哉、お前は生徒会に探りを入れろ。この手帳にはウチの生徒もそれなりにいる。もしかすると奴らの方が問題を把握しているかもしれない」

「解った。それとなく聞き出してみるわ」

「あと伊園、お前は大森と接触していた中等部の人間を調べてくれ」

「は、はい！　ウチ、頑張ります！」

そして翌日の放課後になった。今日は土曜日なので午後に授業はない。だから一時前にはメンバー五人が反省室に揃っていた。

まず達也は自信満々の慶太から差し出された二冊の手帳をしばらく見比べた後、賞賛の言葉を口にした。

「流石は有雅、いい仕事だ。多分、持ち主にだってもうどちらが本物か解らないだろう」

そして達也は学ランの左右のポケットにそれぞれを仕舞う。

達也の言葉は決して大袈裟ではない。達也の近くで一緒に見比べてみたが、肉眼では全然解らない。持ち主が二冊を見比べたらどうか解らないが、偽物だけが手元にやって来ても気がつかない筈だ。

「そうでしょ？　大変だったんだよ。インクからボールペンの種類を特定しないと微妙な滲《にじ》みやかすれは再現できないしね。そう、そもそも同型の手帳を見つけるのが……」

慶太が朝まで続けられそうな勢いで語り始めた瞬間、ノックの音がした。

「ちょい待っててな！　……どうする本陣？」

「お待ちかねの五人目だろう。どうせ手帳を渡すつもりだったんだ。適当に相手しておいてくれ」

「お前、どうすんの？」

「三文芝居にはもううんざりだ。俺は昼寝をしてるということにしてくれ」

そう言って達也は椅子を窓の方にくるりと回すと、椅子に体重を預けて狸寝入りを始めた。守哉は軽く肩をすくめると「入ってええで」とドアの向こうに声を投げかけた。

入って来たのは見慣れないショートボブの少女だった。目つきは若干キツいが、水姫の眼から見てもかなり可愛い。なかなかに将来有望な少女だ。

少女は薄い胸を張りながら、何も言わずに部屋の中を見回していた。おそらくは中等部の生徒だろう。少なくとも同級生にこんな少女はいない。まさか高三ではなかろうが……。

水姫が声をかけようか迷い出した瞬間、少女は腕組みをしてこう言い放った。

「……で、誰が本陣達也なの？」

その瞬間、達也は椅子を回して少女を観察し始めた。知らんぷりを決め込む筈だったのにどういう風の吹き回しだろう。

「嬢ちゃん嬢ちゃん」

なるべくフレンドリーな雰囲気を作りながら守哉が少女に声をかける。

「いくら可愛いからって先輩を呼び捨てにしたらアカンで」

守哉の頭の辺りを訝しげに見ていた少女は首を傾げながらこう呟いた。

「アンタ、見ない顔だけど中二？」

ああ、間違いなく中等部の子だろう。高等部にいたら守哉を知らない筈がない。

「おいい！　俺は高二や。可愛いからって何でも許されると思うなや！　みずきち、カメちゃん、お局様《つぼねさま》の怖さを教えたり」

流石の守哉も歳下の女子に手を挙げたりはできないようだ。とりあえず水姫も赤女も首を横に振って守哉の提案を却下する。

赤女が突然何かを思い出したように声を上げる。

「アンタ、中等部三年の……えーと……かがみちゃんやろ」

今、若干の間があった。きっと名字を思い出せなかったのだろう。

「待って。仇名《あだな》思い出すし、そしたらフルネーム解るし……」

「その変な仇名で呼ばないで下さいね。大嫌いなんです」

かがみからそう釘を刺されて、赤女は口に手を当てて黙り込んでしまった。妙な仇名で呼ばれる辛さを身を以て知っているせいか、その表情はいささかすまなさそうだ。

「本陣達也は俺だ。用件を聞こうか」

いつもの達也なら訪問者の目的が何であれ、まず圧をかけるような話し方をした筈だ。なのに今は怖さが全体的に薄れているような気がした。勿論、水姫の主観だが。

「手帳、持ってるんでしょ?」

「ああ、預かってる」

「私の友達のだから返してよ」

「そう来たかー。友達のなー」

守哉が自分の額をぴしゃりと叩いて苦笑いする。これなら自身が持ち主であることを説明しなくて済む。まるでこれまでの失敗を踏まえたみたいな理由だ。

「茶化さないで！」

かがみが一喝すると、守哉は肩をすくめた。

「誰だって自分の秘密を人に見られたくないでしょ？」

「それもそうだな」

達也はそう言いながら学ランのポケットから手帳を取り出す。

「持って行け。勇敢なお姫様へのご褒美だ」

かがみはひったくるように手帳を手に収めたが、すぐに自分の過剰反応に気がつき、頰を赤くする。そしてそのまま頭を深々と下げた。

「……ありがと」

かがみはそんなそっけない言葉を残して去る。しかし滞在時間こそ短いが、彼女はこれまでのどの訪問者よりも意識に残った。

「いつまで気を取られてるんだ。それより守哉、生徒会への探りはどうなった？」

「ドンピシャやった。こっちで調べる手間が省けたけど、割と洒落にならへんことになってたわ」

守哉は渋い顔で周囲を見回した後、念のためにドアを開けて誰も立ち聞きしていないかを確認した。

「ええか、今からする話はあんまり他所《よそ》で吹聴すんなよ。ちょっとヤバいからな」

「御堂家絡みってこと？」

「まあな。けど御堂家の悪事とかそういうんやない。この学校……というか、ここ一帯の敷地って御堂家の持ちもんなのは知ってるよな？」

御堂家は学校だけでなく宗教法人も経営している。というより宗教法人が学校もやっているというのがより正しいのだが、そこは今回の本筋ではない。

「なんせ数百年と続く宗教の総本山や。まあ、儀式とかも一杯やったわな。で、儀式を成功させるには巫女や参加者がトランス状態になるのが一番ってことで、てっとり早くトランス状態になれる薬になるもんをこの辺から採ってきて飲ますわけやねんけど」

「それってもしかしてアブナい植物のこと？」

「まあ、そんなとこやろうな」

だからこそ、ここは総本山になったのかもしれない。

「ただ、人の口に戸は立てられへんし流石にヤバいから、とうの昔に駆除したらしいわ。少なくとも法に触れるもんに関してはな。けど、法に触れない草はまだほったらかしや」

「もしかして脱法ハーブってやつ？」

慶太の言葉に守哉は肯く。

「ウチの山には脱法ハーブの原料になりそうな草がちょいちょい生えてるらしい……んでな、それをどうも誰かが売り捌《さば》いてるみたいや。ご丁寧にも精製済らしい」

「やはりそうか。実験器具が戻って来たのもそういうことだろうな」

達也の相づちに赤女が手を叩く。

「あ、なるほど。自分で器具を買い揃えられるだけの利益が上がったから、盗難届けを出される前に返したんですね」

その考えには水姫も同意だ。

「どっこい生徒会もアホやない。とっくに容疑者を絞り込んでたわ。砂原伽耶子《すなはらかやこ》、何かと先生らにつっかかる問題児やけど生物と化学の成績は学年でぶっちぎりのトップ。野草から脱法ハーブ作って売りそうな不良少女……そういう意味でも真っ黒黒の黒や」

「もうー、御堂先輩のアホ。なんで言ってまうんですか」

赤女は地団駄を踏んで悔しがると、突然達也の方に向き直って口を開いた。

「あ、報告が前後しちゃいましたけど、大森さんとよく会ってたんは中等部三年の美馬典《みまのり》明《あき》と小島良治《こじまりょうじ》やそうです。で、この二人がたまに一緒の電車で帰っていたんが砂原伽耶子
……ウチが報告するつもりやったのにぃ！」

なるほど、これでは達也のポイントを稼ぐチャンスを潰されて怒るわけだ。

「けど、まだ決定的な証拠が摑めてない状況や」

「でも生徒会には伝家の宝刀、抜き打ち検査があるけど？」

そうそう行われるものでもないが、一般生徒は基本的に拒否できないということになっている。この学園ならではの恐ろしいシステムだ。

「伝家の宝刀やから問題やねん。宝刀が何回も空振ったらメンツ丸つぶれやんか。だから何か持ってるって保証がないとよう踏み込めへんみたいや」

「けどウチ、もう一枚切り札持ってますよ。砂原さんの数少ない友達の一人が、さっきのかがみちゃんです」

「そんならあのかがみちゃん、別に嘘ついてなかったってことになるな。今頃はもう砂原って子のところに戻ってるやろうけど」

「……確か、かがみの実家はそれなりの資産家だ。仲間に引き入れておけば悪いようにはならんだろう」

はて。達也と彼女とは初対面のように思えたが、どこでそんな情報を得ていたのだろうか。

「実家が金持ちなら、万一学校にバレても金でカタがつくからな。不祥事を表沙汰にしたくないのはお互い様やろしな」

だが、それが中学生の頭から出た発想だというのなら空恐ろしい話だ。

「しかしただの手帳かと思ってたのにとんでもない価値が出たわね」

要は脱法ドラッグの顧客リストだ。法に抵触してないとは言え、愛好していることを知られたくない者の方が多いだろう。

「だからこそ落とし主の砂原は必死になってるんだろう。それで取引相手を使って手帳を取り戻そうとしている……もっとも手帳の現物はもうないがな」

「え？」

「かがみに渡したのは本物の方だ」

達也の返事に慶太が絶叫した。

「あー、こいつ信じられない。僕の一晩を返せよおおお！」

そう言って慶太は頭を掻きむしる。

「まあ、そう言うな有雅。お前の手帳が本物以上に見えてつい」

「あ、そう？　んふふ、それなら仕方ないなあ」

だが取り違えを防ぐためにわざわざ左右のポケットに一冊ずつ入れたであろう達也がそんなケアレスミスをする筈がない。おそらくはいざ渡す段になって心変わりしたのだろうが、水姫にはその理由が解らない。

「あれ、じゃあ私のアドレスは今回の作戦に使えないってこと？」

「何、心配するな。アドレスが書き換えられなくても、顧客の中にはこちらで弱味を握っている奴もいる。その中の一人に携帯電話を貸してくれるよう頼むといい」

　まあ、それはどうにかなりそうだが。

「明日だ。金ははずむからそれなりの量の品物を持って、仲間を全員連れて来いと伝えておけ。取引場所は西大寺のキャノンショット、当然俺たち全員で迎え撃つ」

「昨日はうるさくて苦手だなんて言ってたのに、一体どういう風の吹き回し？」

　真意を問われると笑いながら達也はこう嘯いた。

「なに、五人集合というのを一度やってみたかったんだ」


　そして迎えた六月六日の午前十一時過ぎ、水姫たちはキャノンショットで砂原伽耶子を発見した。一見どこにでもいる痩せぎすの少女だがその瞳は今まで見たことがないほどどろりとしていた。慣れもあるが、達也の方がまだ一緒にいて平気だ。

　伽耶子の周囲には仲間と思しき学生が他に三人、その中にはあのかがみの姿もあった。

「砂原伽耶子だな？」

　いきなり達也が声をかけると、伽耶子たちは少なからず驚いたようだった。だが流石はリーダー、伽耶子は真っ先に平静さを取り戻し、その底なし沼のような瞳を達也に向ける。

「悪名高いセンパイ方が何の用？」

「お前たちと手を組みたい。お前たちが商売に励めばそれだけで学園はダメージを受ける。

学園に恨みがある俺としてはそれで助かるんだ」

予想もしていなかった言葉だ。いや、達也は目的のためなら手段を選ばないとは時々口にしていたが、いざそうすると何だか違和感がある。

「しかし、そちらが信頼に足る相手かどうかをはっきりさせて貰いたい」

「どういう意味？」

「俺たち五人は一枚岩だ。だが、そっちはどうかな？」

そう言って達也は一人蚊帳《かや》の外という顔をしているかがみを見る。

「たった今、お前たちは俺の顔と悪名を知っているということを態度で示した。しかしその女は違う。昨日、反省室に入って来てしばらく動揺していた。反省室がどういう場所かも知らず、おまけに俺の顔さえも知らないとはどういうことだ？」

そうだ。言われてみれば昨日のかがみのリアクションは妙だった。あれではまるで罰ゲームではないか……。

「ねえ、伽耶子。さっきから何の話をしてるの？　商売って何のこと？」

そしてこのかがみの反応が真実を指し示している。伽耶子はかがみを騙して送り込んだのだ。

「こんな女が仲間ではいつか足がつくだろう。手を組めばこちらも危うい」

達也が焦らすようにそう言うと、伽耶子は達也とかがみを見比べていた。おそらく二人を天秤《てんびん》にかけているのだろう。

だが、それもすぐに終わった。伽耶子はかがみに冷酷な眼を向けると静かにこう告げた。

「こんな女、最初から仲間でも友達でもないわ」

かがみは雷に打たれたような顔で伽耶子を見た。

「では、どうして手帳を取りに行かせた？」

「土下座も色仕掛けも暴力もお金も通じなかったでしょう……だったらいっそ生け贄《いにえ》でも放り込んでみようって思ったのよ。男ってこういう子好きでしょ？」

生け贄。その言葉の響きに水姫は背筋がぞっとした。中等部で反省室の悪評にどれだけ尾ひれがついていたのかは知らないが、伽耶子はかがみが無事に帰れないであろうと思って送り込んだのだ。

「伽耶子？　何言ってるの？」

信じられないという表情で近づくかがみを伽耶子は突き飛ばした。

「友達ヅラしないで。世間知らずの馬鹿の癖に私のこと見下して！」

「そんな……」

かがみは唇をぎゅっと引き絞る。

「家が大きいから何かあったらいい盾になると思ったけど、反省室のセンパイたちがいたら充分よ。もうアンタなんかいらないわ」

かがみは俯いて手を握りしめていた。必死に涙を堪えているように見える。少なくともかがみの方では伽耶子を友達だと信じていたのだ。

今、水姫にはかがみを哀れむ気持ちが生まれていた。見れば他の仲間もみな同じ思いなのか、複雑な表情で成り行きを眺めている。

「私たちは三人一組。これでいいんでしょ。よろしくね、センパイ?」

達也はかがみの気持ちを踏みにじり、こんなクズみたいな連中と手を組もうとしている。それでいいのだろうか。

だが小狡《こずる》そうな表情で手を差しだした伽耶子の手を払って……達也は嗤った。

「悪いが仲間意識のない奴らは信用できない。短期的な利益のために裏切る可能性が高いからな。残念ながらお前たちは失格だ」

それでこそ水姫の知っている達也だ。きっと最初からこうやって伽耶子をコケにするつもりだったのだ。

「はっ、先に生まれたからってエラそうにして」

伽耶子が苛立ちを爆発させた。他の二人が「おい、上級生にそれはマズいよ」と伽耶子を取りなすが、「別に殴られてもいいでしょ。そしたら訴える口実ができるんだから」と息巻いている。

「そうだな。俺たちが暴力に訴えることはない。それは下の下の策だからだ」

「何、それ負け惜しみ？　どうせアンタたちは二年したら卒業しちゃうじゃん。最初から私たちの勝ちは決まってるの！　最悪、学校で二年大人しくしてれば負けないいんだし」

水姫も中学の頃は世を恨んでいた。けど、ここまで自分勝手ではなかった筈だ。一方で伽耶子は自分の都合で世界に何をしてもいいと思っている。

伽耶子はカバンから何かの包みを取り出して達也に見せびらかす。

「私の頭と越天の山があればこれはいくらでも作れるんだから。私を見下してた奴らがみんなおかしくなった上に、一財産築けるなんて最高じゃない？」

いくら達也が凄かろうと時間の壁は破れない。赤女が残るといっても一人では何もできないだろう。せめて伽耶子からかがみを切り離せたのがせめてもの救いだが……。

「そこまでだ！」

いきなり周囲でゲームに興じていた筈の客たちが立ち上がり、水姫たち全員を取り囲む。

「越天学園生徒会だ」

私服なので解らなかったが、そういえば見知った顔が交じっている。しかし生徒会の人間が何故キャノンショットに？

「守哉氏、協力感謝する。まさかこうも上手く現場を押さえられるとは」

守哉はリーダーらしき生徒会の男に笑いかけながら、水姫に不器用なウインクを寄越す。

「確かに俺には裁けなかったな。俺には、な」

達也が歯を覗かせてそう言った。水姫はその言葉と守哉のウインクでだいたいの事情を察した。水姫を使って伽耶子たちに架空の取引を持ちかけ、言い逃れようのない状況を作って守哉が呼び出した生徒会に拘束させる……綱渡りみたいな策だが、達也の中では必然の結果なのだろう。

ふと伽耶子の仲間のどちらかが「お、俺たちどうなるんですか？」と狼狽《うろた》えたような声で生徒会の男に訊ねているのが聞こえた。

「まあ、初犯ということで退学はないだろう」

すると伽耶子の口の端が微かに上がった。まるで計算通りと言わんばかりの邪悪な笑みだ。新聞沙汰になって困るのは越天学園も同じと解っていたのだろう。

「ただし再教育が必要だ。今から学校に来て貰おうか」

伽耶子たちの表情が恐怖に歪む。どうも再教育は誤算だったらしい。あるいは知らなかったか……水姫も生徒会の再教育についてはひどい噂《うわさ》しか聞いてないが、今回ばかりは自業自得だ。

「待ってよ。なんでかがみが無事なのよ。この子も私たちの仲間なんだから、一緒に連れて行ってよ！」

伽耶子がとんでもないことを口走った。最後にかがみを道連れにするつもりだ。いや、かがみを巻き込むことによって示談に持っていく腹だろう。

水姫は思わず達也の顔を窺《うかが》ってしまう。だが達也はまた嗤っていた。

「自分で言ったことをもう忘れたのか？　かがみは仲間でも友達でもないって……なあ、お前も聴いていただろう？」

水を向けられた生徒会の男は忌々しそうな表情で「ああ」とだけ答えた。その瞬間、心が折れたのか、伽耶子ががっくりとうなだれた。

達也が生徒会の男に「御苦労」と声をかけると、男の額に青筋が立った。

「調子に乗るなよ。越天の腐敗した汁を吸うウジ虫が。まあ、見てろ。そう遠くない将来越天学園は膿《うみ》を出し切る。その時がお前の最期だ」

生徒会の男はそう吐き捨てると、伽耶子たちを連行してキャノンショットを出て行った。


「どうせなら遊んで帰りましょうよ。これで帰ったら寂しいやないですか！」

そんな赤女の申し出で、かがみを含む六人でキャノンショットでしばらく過ごした。達也も渋い顔で他の人間のプレイを見ていたのが意外だった。

ならファミリーで遅めの昼食を摂った後、これからどうするのかと思っていたら達也が唐突にこんなことを提案した。

「なあ、あやめ池まで少し歩かないか？」

誰一人断らず、六人で行くことになった。大和西大寺―菖蒲池《あやめいけ》間は大した距離ではないが、歩道が狭いため一列になって歩くしかない。だから六人はただ黙々と歩き続けた。

途中、赤信号で立ち止まった時、水姫は前を歩いていた達也に声をかける。

「あの子たちに手を組むって言い出した時にはどうなるかって思ったけど……ちゃんと考えてたんだ。流石の結末ね」

「俺だって手段は選ぶさ。御堂家憎しで、また別の悪を育てるわけにはいかない。俺の都合で未来に負債を残したくはないしな」

それでこそ我らのリーダーだ。

水姫が達也の背後でふっと笑うと、信号が青になった。六人は横断歩道を渡り、再び黙々と歩き始めた。

やがて三十分ほどかけてあやめ池まで辿り着くと、水姫の記憶とは随分と変わっていた。

「そういえば昔はボウリング場があったわね」

「けど代わりにハーベスができてる。あ、あとで総菜コーナー寄っていい？」

さっき昼食を食べたばかりなのに慶太がそんなことを言う。底なしの胃袋を持つというのは本当かもしれない。

「なるべくお高い町にしたいんやろ。学園前を宝塚にし損なったぐらいではへこたれへんってことやな。沿線に家をぶっ建てて、グループ系列の店をオープンする。そして俺らは無意識に百楽や家族亭の味が恋しなるように飼い慣らされるんや……ま、鉄道インフラで食うってのはそういうことやな」

「御堂先輩、何言ってはるんですか？」

「何言ってるって……奈良人なら常識やでカメちゃん。なんで学園前駅に快速急行が停まるのか知らんの？」

めいめいが賑やかに喋る中、達也だけはただじっと夢の跡地を眺めていた。いつの間にか近大の附属幼稚園ができており、かつての名残はもう殆《ほとん》どない。

そんな達也の隣にかがみが立った。面白そうな会話の気配がして、水姫は足音を消して少し近づくと、二人の会話に耳をそばだてる。

「思い出でもあるの？」

「ああ。閉園日のデカレンジャーショーを思い出していたんだ」

「本当？　あの日、私もいたんだよ。ショーも見てたし」

まさかの繋がりに達也は意表を突かれた顔をしていた。まあ、流石の達也もここまでは調べようがなかろう。

「そうか……じゃあ、お互いにすぐ近くに座ってたのかもな。ところでショーの内容はどの程度憶えてる？」

「案外、忘れてないって感じかな。一緒にいたお姉ちゃんが泣いてたから。中学生にもなって変なのって……それで記憶に残ってる」

その返事に達也は更に驚愕《きょうがく》の色を浮かべ……何故か笑みを見せた。あんな表情、水姫の記憶にはない。

「それはきっと『俺たちはこの遊園地の平和を二十九年間守り続けてきたんだ』で泣いたんじゃないか」

「あ、そうそう！　そこ」

かがみの返事に達也は相好を崩した。あまりの展開に水姫は眼が離せなくなっていた。

「俺だって今その台詞を聞いたら泣いてしまうかもしれない」

「高校生にもなって？」

「高校生だからだ。ヒーローショー一つ、遊園地一つとっても、それが色々な人間の営みによって作られている……そんな当たり前のことが、閉園する日になって見えた気がしたんだ。もしかすると、あの日ここに来なかったらまだ気がついてさえいなかったかもしれない」

ああ、そこが達也と伽耶子の違いなのだ。少なくとも達也は他人にも歴史があることを自覚している。決して無遠慮に踏みにじったりはしない。

「ねえ……どうして私を助けてくれたの？　なんのメリットもないのに？」

「それを言うならお前だってそうだろう。騙されていたとはいえ、友人のためになんの見返りもない無茶をやった」

「それは……そうだけど」

かがみが言葉に詰まったのを見て達也は微笑んだ。それはまるで兄のような笑顔だった。

「話は変わるが、俺にも憧れのヒーローがいる。勿論、特撮の話ではなく実在の人間だ。越天学園に入って俺はその人に出会ったんだ」

多分、それが例の先輩だ。

「あの人は自分の信じる正義に殉《じゅん》じて俺を救おうとした。あれは本当に無茶な真似だったが……昨日、友人のために手帳を取り戻しに来たお前に先輩と同じ正義の輝きを見た。だから助けたくなった、それだけだ」

「ねえ……私も本陣さんみたいな正義の味方になれるかな？」

「俺なんかが正義だなんておこがましい。だけど現在と過去……二つの正義の架け橋になったことに関しては誇りに思っている」

達也は正義の人ではないかもしれない。けれど間違いなく悪の対極にいる……水姫にはそんな風に思えるのだ。

「本陣さん、あの……助けていただいてありがとうございました！」

そう言ってかがみは深々と頭を下げる。ふと、水姫はかがみがいつの間にか達也に対して敬語を使っていることに気がついた。いや、その響きはただの先輩に向けるものにしてはあまりにも……。

「やめてくれ。その声は……なんだ。その、調子が狂う」

「声？」

達也はどこかバツが悪そうにそう言うと踵《きびす》を返して、背を向けたまま全員にこう告げた。

「今日は疲れた。人助けなんて慣れないことをするもんじゃないな。俺の都合で悪いが、ここで解散だ」

そして達也はさっさと菖蒲池駅の改札に向かって行ってしまった。その後ろ姿を呆然と見つめていたかがみもすぐにその後を追う。

「私も帰りますっ！」

どうせ追いかけても帰りが反対方向なのはかがみだって解っているだろう。それは好きな人を少しでも長く眺めていたいという乙女心から出た行動のような気がした。

一方、守哉と慶太はハーベスに入って行くところだった。二人を見送っていた赤女はため息をつきながら水姫の下にやって来た。

「まったく。あないに慌てて帰らんでもええのに……ねえ？」

水姫はライバルが増えたことにまだ気がついていない様子の赤女の肩をそっと叩く。すると赤女が突然大声をあげた。

「みかがみちゃんや！」

「……あなた、肩にスイッチついてるの？」

「違いますよ。あの子の仇名を思い出したんですって。あの子、みかがみちゃんって呼ばれてたんですよ」

なんとまあ、ほぼ一日遅れではないか。しかし水姫の記憶ではかがみは自分の仇名を厭がっていたようだが……。

「でも可愛い仇名じゃない。守哉が私やあなたにつけたのに比べたら、ねえ？」

同意するかと思いきや、赤女は微妙な表情で首を捻る。

「仇名が嫌いというか、フルネームが嫌いなんやと思います。こう、キラキラネームとはまた違う恥ずかしさというか」

「なんて名前なの？」

赤女はしばらく迷った後、かがみのフルネームを告げた。

「瓶賀かがみ、っていうんです」

な・ら・らんど

近鉄奈良駅で降りた瓶賀流は東向商店街を通り抜け、そのままもちいどのセンター街に足を踏み入れた。七月も中旬に差し掛かり、奈良は盆地全体が火にかけられたかのように暑かった。深く息を吸いこむと肺が灼けそうな気がして、流は浅めの呼吸を心がける。

商店街のアーケードを抜けると現代と過去のつなぎ目のような場所が現れた。そこはリファインされた町屋と寺、そして普通の住宅が入り交じった一帯で、まさにOLDIES《古き》 BUT GOODIES《良き》という趣があった。

一般にならまちと呼ばれているこの地区はかつて平城京の外京だったらしい。小学校の遠足で平城宮跡に行ったことのある人間なら平城宮が草むらになっているのに何故外京が廃れずに残っているのか首を傾げるところだろうが、この一帯に有力な仏教寺院が根を張っていたお陰だそうだ。まさに仏陀様々である。

今のようにならまちと呼ばれるようになったのはここ三、四十年の話らしい。戦災は運良く免れたものの、ただの住宅街として古びていくだけだった旧市街を地元の若者たちが『まちづくり』していった結果だそうだが……要は当たり前のようにあったものが観光資源として再発見されたというだけの話だ。

しかし流にしてもそこまで馴染みのある場所ではない。この辺で買い物をするだけなら駅前で充分だし、遊ぶにしても三条通り以南に行く必要はないからだ。流の愛郷心なんてその程度とも言える。

お陰で目的地にどの程度近づいているのかも全然解らない。さっきから同じ場所を何度も回っているのもそういうことだ。

流がため息を吐《つ》きながら視線を足元に落とした瞬間、なんだか褐色の肌をした凄い美女が横を通り過ぎた……気がした。

流はどうせ目の錯覚だろうと思ってしばらく足元を見つめていた。だが、思い出せば思い出すほど二次元みたいな美女だったような気がしてくる。

せめてもう一目確認してみようか。

しかし流が顔を上げて振り向いた時にはもうその姿はどこにも見えなかった。

まあ、幻だろうな。あんな美人。

流は気を取り直して腕時計を見る。まだ午後一時前、明日は得意科目だからいいものの試験期間中の貴重な時間をいたずらに浪費するわけにはいかない。

とはいえ今日を選んだのは賢明だった気がする。皆が翌日の勉強のために真っ直ぐ帰るお陰で学校の知り合いに会わずに済んでいる。要らない用心かもしれないが、この訪問をあまり知られたくはない。

流はひとまず強い陽差しを避けるべく、近くの寺の門の下まで退避する。そして手帳を開いて書き留めた住所を確認した。

多分、この辺の筈なのだが目的の建物は見当たらない。行けばすぐ解ると思ったのだが……。

いい加減、喉も渇いてきた。熱中症も怖いし、ここらでポカリでも飲みたい。

流は少し向こうの自販機に吸い寄せられそうになり、自分の首筋をぴしゃりと叩いた。

いやいや、勿体《もったい》ない。せめてもう少しだけ粘りたい。

「君、大丈夫？」

いきなり背後から声をかけられて、流は思わず振り向く。

後ろに立っていたのは先ほどすれ違ったと思われる美女だった。流に同性愛の気はないがつい見惚《みと》れてしまいそうになる。金を取れる類の美貌なのは間違いない気がする。

「な、ナンパなら結構です」

不覚にもちょっとドキドキして、よそ行きの口調で答えてしまった。日頃は男口調で通しているというのに。

しかし美女は流の胸の高鳴りを嘲笑《あざわら》うように首を横に振った。

「違うよ。そういうのじゃないんだ。それに奈良に出会いを求めるのは間違ってるしね」

さらりと奈良を馬鹿にされた気がする。しかしこの物言い、奈良の人間ではないのかもしれない。

しかしこの美女、はっきり言って年齢不詳だ。二十代に見えるが、もしかすると実年齢は遥《はる》かに上だったりするのかもしれない。

「だったらどうして……」

「ただ君が困ってる様子だったからさ」

美女は不敵にもこんな申し出を口にした。

「私の名前は安蘭寺《あんらんじ》くろみ。良かったら私が君の悩みを解決してあげるよ」


安蘭寺くろみは目の前のセーラー服の少女を再びよく観察する。

少々、目つきの悪いところはあるが、黙って微笑んでいる限りでは申し分のない美少女といえよう。

もっともくろみが惹《ひ》かれたのはそんなところではないのだが。

「悩みなんて……」

「そうかな？　目的地にすら辿り着けてないのに？」

彼女は言葉を失っていた。

彼女が初対面のくろみの申し出を断ろうとするのは解っていた。だからその前に今悩んでいることを言い当ててやれば、しばらくの間それを阻止できると踏んだのだ。

「私もこの辺にいたからね。君がさっきから彷徨っているのは解ってるよ。けど、別に迷子じゃないよね。とりあえず三条通りまで行けば帰れるし」

彼女は黙って聴いている。ひとまず話を続けても良さそうだとくろみは判断した。

「友達と待ち合わせかな？　いや、それも違うね。連絡すれば済む話だもん。物言わない手帳を何度も眺めるよりそっちの方がずっと早い。

だからその手帳に書かれているのは目的地の住所じゃないかな。君がぐるぐる同じところを巡っているのはそこに辿り着けていないから」

「そうだったらどう思うんですか？」

乗ってきた。脈有りだ。

「さて、住所が解ってるなら電話番号もまあ解るよね。それでも電話をかけないというのはそうしづらい事情があるってこと。多分、アポイントを取っていないか……初対面の相手なんだろうね」

彼女が息を呑んだ。

「しかし、君みたいなお嬢さんが手土産もなく他人様のところを訪ねるかな？　そんなぺったんこなカバンじゃ柿の葉寿司だって入らないだろう」

「……だからなんだって言うんですか？」

「以上のことから考えられるのは、手土産を持たずに行っても失礼に当たらない場所だ。そしてもう一つ。君はさっきから喉が渇いてる様子じゃないか。何故、水分を補給しないのか。何も売ってないからというのは違うね。コンビニも自販機もある。お金がないわけでもない。多分、これからどこかで水分を補給するあてがあるから無駄だと思ってる……だから目的地は飲食店だ。手土産はなくとも、何か注文すれば充分だしね。違うかな？」

くろみは彼女に手番を回すようにそう言った。


その推理は怖いほど的を射ていた。

流は胸に手を当てる。そして息を大きく吸い込む。

落ち着け。ただの当て推量かもしれない。それを信じ込めば向こうの思うツボだ。

「ただ、学校の友達の実家がやってるお店に行くだけです……」

流の目当ては『磊落』という名の喫茶店だ。和風でそれらしい喫茶店ならすぐに見つかると思っていたのだが、当てが外れたようだ。

「お店ぐらい、一人でも見つけられます」

流は彼女につけいる隙を与えないようにきっぱりとそう言った。だが彼女はニッコリと笑う。

「ま、そうだろうね。それまでに熱中症にならなければ、だけど」

痛いところを衝いてくる人だ。

「けどさ、目的地に辿り着ければ問題は解決するの？　そんなわけないよねえ。それは単なる経過点だと私は思ってるんだけど違う？」

またしても図星、美女は次々と流の言葉を奪っていくように話す。

「まあ、そんなわけで君が困ってると見たんだけど……私なら力になれると思うけどどうかな？」

「……当て推量を素直に信じるほど世間知らずではありませんから」

精一杯の抵抗のつもりでそう口にしたが、彼女はまだ諦めていないようだった。

「じゃあ、もう少し推理の先を聴かせてあげようか」

「え？」

まだ続きがあるとでも言うのだろうか。仮にこの先を言い当てたのなら、それはもう当て推量ではなくなる。

「今ってさ、まだ昼過ぎだよね。平日のこんな時間に学生が一人でうろついていいわけ？」

流は口をつぐむ。わざわざ答えを教えてやることはない。

「君は見たところそこそこ育ちのいいお嬢さんって感じで、学校をサボるような不良にはとても見えないよね……多分、試験期間か何かだと思うんだけど」

その通りだ。

「その制服、確か越天学園だよね。そういえば今日は越天の人を殆ど見かけないね。まだ試験が終わってないなら、真っ直ぐ帰って勉強してるんだろうけど……って、おかしいよね」

「何がおかしいんですか？」

「明日もテストなら君が真っ直ぐ家に帰ってないのもおかしいけど……それ以前にまずそのお友達も帰宅してる筈だ。だったらやっぱりお友達に電話した方が早いんじゃないかな？」

「それは……」

「それはお友達が塾とか予備校とかに寄ってるからかな？　まあ、お友達が何故不在なのかなんてことはどうでもいい。大事なのは君がそのお友達を抜きにして、その人の実家に行こうとしているってことさ」

薄気味悪い。シャーロック・ホームズと対面した依頼人というのはこんな気持ちだったのかもしれない。

「理由は個人的な揉《も》め事か、それよりややこしい問題か……まあ、なんでもいいさ。どうせなら全部解決してあげるよ。私はなんでもできるからね」

だが、逃げるにはもう遅すぎた。何より彼女なら問題を解決してくれそうな気がしてしまったからだ。

流は考える。どこまで本気で言ってるのかは解らないが、少なくとも喫茶店までは連れて行ってくれそうだ。炎天下の中、これ以上無駄に時間と体力を使いたくはない。

よし、どこかに連れ込まれそうな気配があったらすぐに逃げよう。

「解決できるんですか？」

流の問いに彼女は肯いた。

「じゃあ、行こうかお嬢さん」

その呼ばれ方に流は思わず顔を顰める。

「あなたがいくつか知りませんけど、お嬢さんってのはやめてくれません？」

流のそんな言葉に彼女は少し鼻白んだ様子だった。

「だったらなんて呼んだらいいかな？」

「……瓶賀で」

フルネームを名乗らなかったのは初対面の相手に素性を全て明かすことに不安があったのと、流という名を説明するのが億劫だったからだ。大抵はこれでひとしきり弄《いじ》られる。

幼い頃から慣れているとはいえ、やはり不愉快だった。

「瓶賀さんね。じゃあ、行こうか」

瓶賀ね。面白い。

くろみは思わず小さいため息を漏らしてしまった。

「安蘭寺くろみ……それって本名？」

「これは人間相手に教える名前だよ。ま、これでも色々あるんだ」

「ふざけてるんですか？」

「そこはおあいこってことでいいじゃない。瓶賀さんが名前も教えてくれたらちゃんと名乗るよ」

くろみがそう言うと彼女はまたしても言葉に詰まった。くろみにとって会話は将棋やチェスみたいなもの、望み通りの反応を引き出すことぐらい容易い。

「さて、そこに行く前に話してくれないかな。瓶賀さんの目的」

彼女はしばらく悩んだ後、心の奥底にあるものを押し出すようにゆっくりと言葉を紡ぎ始める。

「あの……私、きっと変なことを言いますけど、信じてくれますか？」

「信じるよ。それに変なことには慣れている。その解決にもね」

「その人は……なんというか、とても変わった人で……」

「その人って……また随分と曖昧だね。先輩だとか後輩だとかなんかないの？」

「それは必要のない情報だと思うので」

にべもない。当たり前だが完全に心を許してくれているわけではなさそうだ。

「まあ、その人に関係する悩みっていうのは伝わってきたよ。それで、その人は何がどう変わってるのかな？」

くろみの問いかけに彼女は大きく息を吸った後、躊躇いながらこう問い返した。

「……やっぱり学校に復讐するなんておかしいですよね？」


流が悩んでいたのは後輩の本陣達也のことだった。

達也はまだ中一、高二の流とは歳が離れているが、この春に起きたある事件がきっかけで仲良くなった。最初は気難しい奴だと思ったが、今では流の弟分として付き合ってくれている。

しかし仲良くなって話を聞いてみれば、達也は母親を死に追いやった父親を捜して越天学園に入学してきたという。その父親が越天学園の経営者一族である御堂家の人間なのは確実らしかったが、それが事実なら達也が単身挑んでかなうような相手ではない。

「なるほどね。その人は越天学園の生徒で、学校を相手に復讐を挑んでいると」

流は事情をかいつまんで話した。ある程度プライバシーに関わりそうなところは省略したりもしたが、だいたい事情は伝わったと思う。まあ、そもそも流からして達也の復讐譚の全貌を摑めているわけではないのだが。

「荒唐無稽な話だよ。復讐を果たすために必要な優秀な頭脳と強い意志を持っているとはいえ、自分よりずっと強大な相手に勝負を挑むなんて。すり潰されたっておかしくないのに……それもたった二人で」

「私は別に……」

「彼の味方じゃないの？」

この関係の割り切れなさ、煮え切らなさをピンポイントで抉《えぐ》ってきた。流は心情的には達也には深く同情しているが、理性では達也の復讐が成功するとはまったく思っていない。だから下手に達也の肩を持って学校から睨《にら》まれたくないのだ。

「味方ですけど……学校と敵対するつもりもないです」

「いいよ、そのコウモリ感。そういうの大好きなんだ！」

馬鹿にされてるのかと思ったが、その割に彼女の表情は真面目だ。

「私ならひとまず潜り込むね。きっと最悪な気分だろうけど住めば都って言うし」

彼女は腕組みして考え込む。

「まあ、戦いって結局勝ち負けだからさ。いくら気分良く戦えても負けたら何にもならない。気分悪くても我慢して勝ちを狙わないと」

「二重スパイをやれるような神経があったらこんなに悩んでません」

そう言って流はあることに気がつく。

達也は一応、御堂家に連なる者だ。だったら降参した振りをして御堂家に入り込んで、内部から崩壊させるということは可能だ。

いや、駄目だ。そんな酷い提案して達也の気分を損ねたくはないし……万が一乗り気になられてもやるせないではないか。

「……それに、別にそんな勝ち方を知りたいわけじゃないです」

流がそう言うと、彼女は不思議そうに首を傾げていた。

「何か？」

「復讐の話は理解したよ。けど、わざわざこんなところまで来たのはどうしてかな？」

「どうしてって……」

そう訊ねられると流も困る。実のところ、流にだってよく解ってないのだから。

「復讐を止めるためです。私が行こうとしている喫茶店を経営しているのはその人のお祖《じ》父《い》さんですから」

「へえ？」

彼女は流の顔を下から覗き込む。

「そのお祖父さんに『お孫さんにこれ以上馬鹿な真似をさせないで下さい』って頼むのか

な？」

流は言葉に詰まる。実際、そんなことを考えていたからだ。

「……はい」

「無理。無駄。無意味……やめといた方がいいと思うよ」

「どうしてですか？」

「いいかな。その人の復讐の動機はお母さんで、その相手は実の父親……そして唯一の肉親がお祖父さんだ。けど、そのお祖父さんはきっと母方の人だろう。じゃあ、だいたいの事情を察して入学を認めたと見るべきだ。その人が復讐のことを黙っていたとしても、祖父としては人でなしの父親がいるかもしれない学校に孫を行かせたくはないだろうからね。瓶賀さんだってそれが解ってるからこそアポイントを取らなかったんでしょ？」

流は怒濤の正論を受けて思わずため息を吐く。敢えて言語化しなかったことを彼女の口から突きつけられると改めて絶望したくなる。

「ま、それをどうにかしてあげようって話だもんね。なんとかしてあげるよ」

「え？」

「そうだな……よし、一つ芝居を打とうよ」

流はその妙な提案に目を丸くした。

「芝居？」

「そう、芝居。喫茶店に入ってさ、世間話をしながらその人の話もするんだ。当然、向こうだって越天学園の制服は知ってるだろうから、瓶賀さんがその人の知り合いだって伝わるだろう。それで反応を窺ってみようよ」

「そんなことで……そんなことで何か解決しますか？」

「それできっかけを摑めたら御の字、何もなくてもお祖父さんには学校にその人を気に懸けている人間がちゃんといるということが伝わる。少なくとも試験期間中にならまちまで足を運んだ意味はできるでしょ」

確かにそれはそうかもしれない。

「ま、私がいる以上、瓶賀さんを手ぶらで帰すなんてことはないと思うけどね」

不遜にそう言い放つそいつの様子を見ていると、なんだか全て上手く行きそうな気がしてきた。流は同意のつもりで、僅かばかりの笑みと共に首を縦に振ってみせた。

「でも、芝居をするには打ち合わせがいりませんか？」

「いらないよ。私がちゃんとリードするから、瓶賀さんはそれに合わせるだけでいい。私、こういうの上手いんだ」

なかなかにときめくことを言ってくれる奴だ。

「さーて、まずは目的のお店を探さないと。なんていうの？」

流は躊躇うことなく店の名前を口にした。

店内はいかにも純喫茶という趣で、奈良らしい和の要素はどこにもない。

『らいらく』じゃなくて『ライラック』って読ませるなんて、盲点だったたねえ」

くろみがニヤニヤ笑いでそう言うと、彼女はバツの悪そうな表情で窓際の席に腰を下ろした。

「……ならまちだからもっと和風だと思ってたんですが」

「そういう錯覚は見えているのに見えなくする。まあ、よくあることさ」

くろみは手を挙げてマンダリンを注文する。

「瓶賀さんは？」

「私はアイスコーヒーで」

老マスターは肯くと、カウンターに戻って準備を始める。結構な高齢の筈だが、その割にはきびきびとした動きだ。儲け以前に、自分の店で働けることが楽しいようにも見える。

「……じゃあ、始めようか。世間話」

くろみはマスターに聞こえないように小声で彼女に囁《ささや》いた。彼女が目で同意したのを確認して、くろみは『世間話』を始める。

「瓶賀さんは今、何年生？」

まずは学校の話題から。彼女がどれだけ初対面の相手との会話に不慣れでも、一週間の大半を過ごしている場所についての話ならそれなりの言葉が引き出せるだろう。

「高二です」

彼女は臆した様子もなくそう返答する。

「それじゃ、受験ももう視野に入ってくる時期だね。大学は推薦？」

ぱっと見の印象だが内申は良さそうな感じだ。まあ、大した根拠はないが。

だが彼女はかぶりを振る。

「昔は推薦を狙ってたけどやめたんです。まあ、推薦を受けられるような感じではなくなったというのもありますし」

「何か問題でも起こしたの？」

「大したことじゃないんですけどね。ただ、京都の学校に行ってみたいとは思ってます」

「京都？」

くろみは思わず笑ってしまった。

「よしなよあんなところ。この町の方がずっと平和だ」

「知ったようなこと言わないで下さい」

「京都に誰か憧れの人がいる……違う？」

「……答えたくありません」

彼女はそう答えると、むくれてしまった。

まあ、解ってて意地悪をしたのだが、これ以上はよした方が良さそうだ。

二人の間に沈黙が生じてからほどなく、マスターがコーヒーを運んでくる。向こうは向こうでこちらの会話を聞いているのかもしれない。

「……ところで安蘭寺さんはどちらの学校に通われてたんですか？」

ガムシロップとミルクを入れたアイスコーヒーをかき回しながら彼女はそう問いかけてきた。彼女なりに世間話を再開しようとしてくれているのだろう。

「ん？　別に通ってないよ。まあ、潜り込んではいるけれど」

彼女は未知の生き物でも眺めるような瞳でくろみを見つめていた。まあ、小さい頃からお嬢様育ちで、進学校に通っているような人間にはくろみの存在は理解できまい。

「でも常に負けない人間に保険なんていらないんだ。瓶賀さんだって解ってるだろう？　学歴なんて『この人はこれだけ頑張りました。おそらくこれからも頑張れるでしょう』ってことを保証する程度のものに過ぎないんだよ」

「怖くないんですか？」

「別に。それで死ぬなら素直に死ぬさ」

などと、心にもないことを言った。

「まあ、私のことなんかどうでもいいじゃないか……でも通過儀礼としての大学進学には興味があるな。いったいどんな気持ちになるんだろうなって」

「え？」

「瓶賀さんは幼稚園、小学校……新しい共同体に入った時、それまでにいた共同体がちっぽけなものに過ぎなかったと思った経験はないかな？」

「あり……ますけど」

ここだ。

くろみはある確信を持って仕掛けた。

「だから大学入ったら中学高校のことなんてどうでもよくなると思うんだよね。ねえ、こんなこと悩むだけ無駄じゃないの？」

流は狼狽《ろうばい》した。彼女が突然失礼な言葉をぶつけてきたからだ。

「なっ……」

「その人が身の丈を超えた復讐を願っているのは解るよ。そして瓶賀さんがそれを止めたいのも解った。けどさ、所詮他人の瓶賀さんに何ができるの？」

咄嗟《とっさ》の反論が出てこないのは心の奥底で目を逸《そ》らしていたことだからだ。

「生きてれば色んな人生とすれ違う。けど、それはあくまで他人の人生だ。肉親でも恋人でもなく、まして何の力もない瓶賀さんにはどうしようもないよ」

そんなことは解ってる。だが、会ったばかりの奴に言い当てられて猛烈に腹が立った。

「今の瓶賀さんは捨て犬や捨て猫に愛着が湧いてしまった子供と同じだよ」

いい加減にしろよ、この野郎。

「出会っちまったもんは仕方がねえだろ！」

流はテーブルをバンと叩く。自制が吹き飛ぶほど、目の前のこいつの訳知り顔にムカついたのだ。

「そうだよ。世の中にはどうしようもない話が転がってることぐらい知ってるよ。あたしが運良くそういうものから守られてる自覚だってある。だからどうした？　気になるもんは気になるんだよ」

「今のところ大きな問題は出てなくても、瓶賀さんも復讐は無理って解ってるんでしょ？止めないの？」

「……それができたら苦労はねえよ」

いつの間にか流の心の中で怒りよりも哀しみが勝っていた。そう、本質的には達也の復讐には哀しみしかないのだ。

「復讐なんてものは結局、どこまで行っても本人の問題なんだよ。外野が何をどう説得しようが本人が納得しなかったらどうしようもない」

「そう。じゃあ、やっぱり諦めたら？　どうせもう二年足らずで切れる縁なんだからさ。あるいはもう縁を切っちゃうなんてどう？　傷は浅い方がいい」

それは正論だった。きっと達也の復讐はロクな結末を迎えないだろう。将来、後味の悪い思いをするぐらいなら今厭な思いをしても達也との付き合いをやめた方がいいのかもしれない。

「けど、あたしはどうにかしてやりたいんだよ。復讐を諦めるのが無理なら、せめてあいつの傷を浅く済ませてやりたい。いや、そんな大層なことできるだけの力はないな。なんというか……せめてあたしと出会わなかった場合よりはマシにしてやりたい」

達也について抱えていた気持ちをようやく言葉にできた気がする。

そして流は相手の瞳を真っ直ぐ見つめて、こう言った。

「だって、人の出会いはなかったことにはならないんだからさ」

「……私を助けてくれた。何のメリットもないのに。だから単なる他人じゃないんです」

くろみの挑発に彼女は感情を露わにした後、最後にぽつりとそう答えた。それで全て吐き出しきったという様子だった。

くろみは優しく微笑んで、こう告げた。

「実はそれが聴きたかったんだ」

「え？」

「今の非礼は詫《わ》びるよ。瓶賀さんの本音を引き出したくてね」

呆気にとられた様子の彼女を眺めつつ、くろみはコーヒーを啜《すす》る。そしてカップを置くと彼女の目を見た。

「世の中にある様々な問題にさ、これは良い、これは良くないって白黒をつけることはできる。けど現実的には白黒つけられるのは強者だ。普通の人に白黒なんてつけられっこないんだよ。ましてや今回の場合、瓶賀さんは外野だ」

「外野……そうですね。結局、蚊帳の外でしたし」

「世の中の問題の大半はね、個人が悩んでもどうしようもないんだ。解決できる筈もない。当事者だけど実質的には傍観者でもあるからね……と言っても別に諦めて無気力になれって話じゃないよ。そのどうしようもない事実を受け入れた上で自分がその問題をどう見守るか……どういう態度を取るかを決めることが大事なんだと私は思ってる」

少女は黙ったままだ。心の中でくろみの言葉を必死に反芻《はんすう》しているのだろう。

「まあ、別に今日明日に答えを出さないといけない類の問題じゃない。それが外野の特権だ。そして特権は存分に活かすべきだよ」

「……これからゆっくり考えてみます」

「大本の問題はともかく、あなた自身の問題は解決したみたいだから私の仕事は終わりだね。仕事料はコーヒー代で結構」

そう言うとくろみはコーヒーの残りをぐっとあおった。


なんだったんだあの人。

一人残された流はテーブルの上でただ冷めていくコーヒーを眺めていた。

彼女は去り際にこんなことを言い残した。

「一応、どうにもできないなりにどうにかしてやりたいという答えは出たわけだ。卒業まで時間はある。じっくりゆっくり探っていけばいいんじゃないかな。瓶賀さんがその人のために何をしてあげられるのか、ね」

よくよく考えたら何も言ってないに等しい気がする。けど、かなり心が楽になったのは事実だ。

流が深呼吸すると微かにカップから立ち上っていた湯気が霧散した。

達也と一緒にいてやれるのもあと一年半と幾らかだ。現実的に考えて、流が卒業したら達也との付き合いは終わりだろう。達也が流と同じ大学に進むとは限らないし、仮に大学まで流を追ってきたとしても歳が四つ離れているから入れ替わりになる筈だ。

そうか。この楽しい関係も遠からず終わるんだな。

そう思った途端、妙な寂しさに襲われる。終わってしまうこともそうだが、何より流は自分がいずれこの生活を忘れてしまうことを確信していた。薄情なようだが数年後の自分が今の自分と同じ気持ちでいられるとは思えない。進学、就職、恋愛……きっと色んなことが自分をまた別の自分に変えてしまうだろうから。

流はカップに手を伸ばす。

だからこそ、だからこそなんだ。自分が達也のためにしてやれることは何か、よく考えるんだ……。

流がそんな思いと共に温《ぬる》くなったコーヒーの残りを飲み干すと、マスターが淹れたてのコーヒーを運んできた。

「あの、おかわりは頼んでませんけど……」

「私からのサービスです。孫がお世話になっているので」

「あ……」

二人の会話はマスターに伝わっていたのだ。くろみの目論見通り。

「達也は娘のことが大好きでした。だからこそ、娘の早過ぎる死に理由を求めずにはいられなかったのです。ただ、娘の死に関しては達也の父親だけに責任を求めるのは間違いなのですが……」

「だったら……どうして達也を止めなかったんですか？」

あくまで家庭内の問題とは思いつつ、それでも流はそう言わずにはいられなかった。

「……母親を失った達也にとって、父親への復讐は新たな生きる目的になったんです。そう感じた私には達也を止めることができませんでした」

マスターはあっさりそう言ったが、言葉の端々から散々説得を尽くしたことが伝わってきて、流はそれ以上責めることができなくなってしまった。

「復讐に取り付かれた達也を越天学園に送り出すことに不安はありました。しかしそれも決して悪いことばかりではなかったようです。達也は月に一度か二度帰ってきますが、その度に学校であった楽しい出来事を話してくれるんです」

そうは見えなかったが、達也も人並みに学園生活を楽しんでいる。その事実に流は少し安堵した。

「そうですか」

だが次の瞬間、マスターは思いもよらぬことを口にした。

「ええ、本当にあなたの話ばかりで」

それを聴いて流は言葉が出て来なくなった。まるで雷にでも打たれたような気分だ。

「……ごゆっくり」

何かを察してくれたのか、マスターはそれだけ言うとテーブルを離れた。

カウンターの向こうに戻っていくマスターを呆然と見送りながら、流は再び考える。

まあ、達也が流を迷惑がっていないことが解って良かったが、それ故に問題はとてもヘビーだ。これで流は気安く関係を解消するわけにはいかなくなった。

きっと達也は流との関係が疎遠になるほど復讐にのめり込んでいくことだろう。今でもかなり危ういのに、これは本当にマズい……。

いやいや、落ち着け。

流は新しい一杯に口をつけながら頭を冷やす。

流が達也に直接コミットできるのは卒業まで、まずこれは大前提だ。そしてそれは達也だって充分承知している筈だから……その辺を踏まえた上で、自分が達也に何をしてやれるかを改めて考えなければならない。

流は深く考え込む。しかし流の思考は堂々巡りし続け、一向に斬新な答えが浮かんでくる気配はない。日頃、何かをここまで真剣に考えたことがないのだから、当然の結果だろう。

あれ？　もしかして……。

いい加減考えるのを止めようかと思った瞬間、流は極めて単純な答えに辿り着いた。それは拍子抜けするほどシンプルで、どうしてすぐに思いつかなかったのか不思議なぐらいだ。

いや、少し前にこの店に辿り着けなかったのと理屈は同じだ。達也のために何か特別なことをしてやるべきだという思い込みがその答えを見えなくしていた。

これまで通りに達也と遊ぶ。それが流の答えだった。

ただ、そうすることで達也の中には楽しい思い出が沢山残る。それこそが流の狙いだ。

もしも流が卒業した後にも、達也が楽しい思い出を別の誰かと作りたいと思ってくれるなら……それが復讐を思い留まる理由になるかもしれない。

ガキの浅知恵かもしれないが、それが今の流に思いつける精一杯の答えだった。

だが今年はともかく、来年は受験もあるし相当忙しくなるだろう。後輩と遊びすぎて浪人だなんて洒落にならないが、それでもマスターの話を聞いてしまった以上、流には達也を放置するという選択肢はない。

やれやれ、出会いを間違えたかな。

心の中でそうぼやきかけて、すぐに思い直す。

出会いそのものに正否なんてない。出会いはあくまできっかけ、それを間違いにするのは当人たちの行動だ。だったら……間違いになんてしたくないではないか。

流は苦笑しながら、ここにいない弟分にこう語りかける。

「お前もそう思わないか、達也？」

「ブルーマウンテンを一つ」

くろみがそう注文するとカウンターの向こうにいるマスターは肯いて、コーヒーを淹れる準備を始めた。

そういえばあの日から丸六年が経ったのか。

六年前の七月、くろみは瓶賀流という少女を発見した。彼女は道に迷った上、後輩の本陣達也の復讐を止めたくて悩んでいた。そこをくろみが助けたのだった。

もっともくろみは大したことはしていない。目的地に連れて行った上で、ただ話を聴いてやっただけだ。

そして六年後の今日、くろみは別の目的でまた同じ場所を訪ねていた。

結局、あれから達也は復讐を諦めることはなく、高三まで学校に戦いを挑み続けた。なかなかいいところまで行ったが結局は敗北、それどころか御堂家の養子にされ、今は御堂達也として生きている。

まあ、やっぱりどうにもならなかったということだ。もっともそれで命を取られるわけでもなく、京都で楽しい大学生活を送っているのだから悪くない負けだと思う。本人がどう思っているかは知らないが。

問題は達也が京都でまた新たな復讐に身を投じていることだ。まるで復讐をライフワークにしてしまったかのように。

いくら終着点が同じだからって困難なルートを選びすぎだ。

「あの……」

向かいの席で所在なげにアイスコーヒーを啜っていた彼女はおずおずと訊ねる。

「帰らないんですか？」

くろみにしてみれば彼女から嘘吐き呼ばわりされたようで、とても心外だった。

「私は『仕事料はコーヒー代で結構』と言ったんだ。帰るとは一言も言ってないよ。おかわりは自腹で飲むって話さ」

「そんなにムキにならなくても……」

「それとも何かな。このブルーマウンテンの代金も払ってくれるの？　瓶賀かがみさん？」

彼女……かがみが顔を顰めたのはコーヒーの苦さのせいではあるまい。

「なんで……なんで私の名前を……」

「改めて名乗っておこうか。私の本名は安蘭寺くろみ。そして君が言ってた『その人』って御堂達也君のことだろう？」

かがみが両手で口を覆う。あまりの展開に驚愕しているらしい。

「まんざら知らない仲じゃないんだ。彼が私をどう思ってるかは解らないけどね」

そう言ってくろみは立ち上がると、カウンターまで淹れたてのブルーマウンテンを迎えに行った。

「まあ、私のことなんてどうでもいい……君は復讐の顛末《てんまつ》を知りたくて、この店に来ようとした。違うかな？」

くろみは席に戻ると、カップに口をつける。かがみに手番を渡したのだ。

「別にストレートに訊ねるつもりもなかったんです。けど、どうしても知りたくて……少しでも手がかりが摑めればって」

「校内に顛末を知ってる人いないの？　達也君、高校では一人じゃなかったんでしょ？」

「けど桜田先輩も、守哉さんももういないので……卒業してない伊園先輩に訊いてもむしろ自分が知りたいぐらいだって」

敗者は多くを語らず、か。まあ達也らしい。

達也は全てを心に秘めてかつての仲間の前から去った。しかしそれでは残された方は堪らない。だからかがみは行動に出てしまったのだ。

「……私、置いていかれた気がしたんです。上手く言えないんですけど、達也さんは御堂達也なんかじゃなくて、私の中ではいつまでも本陣達也で……そりゃ、達也さんはもう大学生だから残された私たちのことなんてどうでもいいんでしょうけど」

「なるほどね」

「それだけじゃないんです。この悲しい気持ちも、私が大学生になったら消えてしまうのかと思うと堪らなくて……」

どうやら悩み相談を延長してやる必要がありそうだ。

「ああ、あれね。あんまり真に受ける必要はないよ。さっきは意地悪で言ったけどあくまで一般論だよ。忘れる人は忘れる、けど忘れない人は忘れない。君が忘れないつもりならそれでいいんじゃないかな」

「でも……」

やれやれ。駄目押しが必要みたいだ。

「実際、達也君が京都に行ったのだって憧れの先輩を追っかけてのことだし」

「なんだ……そうなんですね」

愛しの人の現在を聴けたお陰か、乙女は嬉しそうに微笑んだ。くろみはその笑顔を見て、達也がいかに罪作りなことをしたのか心の底から理解してしまった。達也自身には悪気がないのが余計に罪深い。

「ところで達也さんって誰に憧れてたんですか？」

「え、冗談だろう？」

「だって達也さん、自分のことをあまり語らなかったから……」

かがみの言葉にくろみは思わず大笑いしてしまった。

そうか、自分の憧れの人が憧れた相手が自分の姉だったなんて……知らないからこそ、わざわざ試験期間中にならまちまでやって来たのだろう。流に電話でもかければ済んだというのに……。

まあ、そもそも達也を思って瓶賀姉妹が六年越しで似たようなことをしているというのが喜劇的だし、悲劇的だ。

それでも小さな奇跡には違いない。かがみと達也、達也と流、流とくろみ、そしてくろみとかがみ……どの出会いが欠けてもこの奇跡は起きなかっただろう。

「あの、どうして笑ってるんですか？」

かがみが不思議そうに訊ねるが、勿論くろみも正直に教えるつもりはない。

だからくろみはかがみに対して、返事の代わりにこう答えた。

「世間が狭いのか、それともこの盆地が狭いのかが解らなくてね」

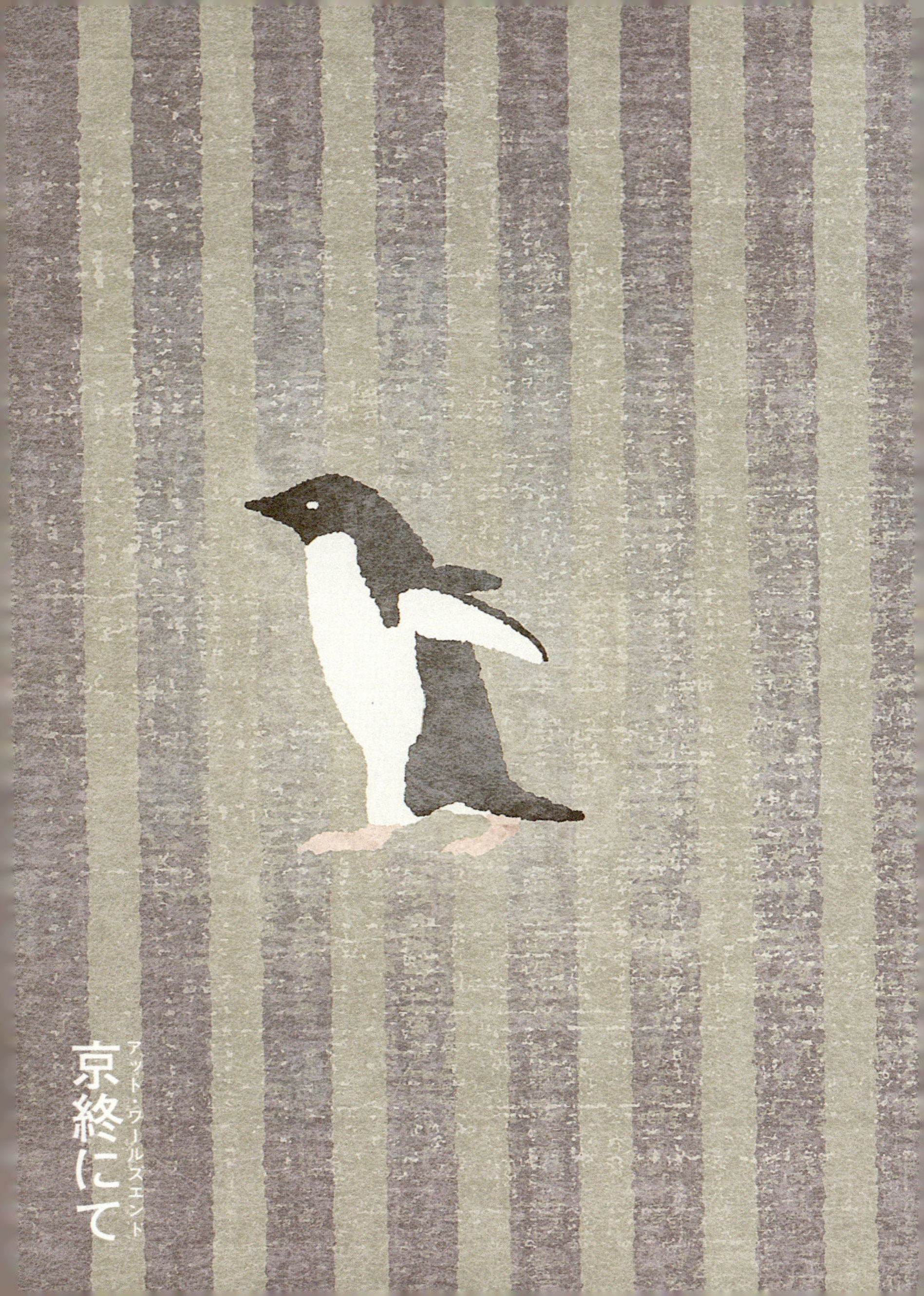
京終《アット・ワールズエンド》にて

帰りの会が終われば、そこからはもうおれの時間だった。

誰かが声をかけてくる前にランドセルを背負い、下駄箱までの最短距離を駆け抜ける。校内の誰にも遠慮したりはしない。

おれはこの小学校で一番賢い。だからいずれは博士号というやつを取るだろう。でもノーベル賞と言わないのがおれの謙虚なところだ。世界を救いたい気持ちはあるが、それは誰かに任せることにしたんだ。

おれは靴に履き替えると、グラウンドを真っ直ぐ突っ切って校門を抜け、三条通りに出る。あとは休まずにこの通を三分走れば……ほら、もう我が家だ。

おれは鍵を取り出して家の中に入る。そして玄関にランドセルを降ろすと、あらかじめ置いておいたナップザックを拾い上げ、すぐ外に出て施錠する。

今すぐにでも自転車に跨《また》がりたいところだが、ちょっと我慢して反対側にある店の方に出る。我が家は喫茶店をやっているのだ。

「ただいま」

じいちゃんを安心させるためにも帰ったら店に顔を出すようにしている。今日の客は二組、いずれも常連客だ。

「おかえり、達也。なんか飲むか？」

おれは首を横に振る。常連たちはおれが店内で何を飲んでいようが気にしないだろうが、じいちゃんの商売の邪魔になりたくはない。

「おい、その腕どうした？」

じいちゃんがおれの左腕を指さす。腕のミミズ腫れのことを言っているのだ。

「なんでもないよ」

こんなことなら暑くても長袖を着ておくべきだったな。六月に入ったばかりなんだからまだギリギリ我慢できたろうに。

「また去年みたいに喧嘩したんじゃないだろうな？」

じいちゃんが訝しむ。三年生の時の喧嘩のことを言っているのだろう。あれはおれに向かって片親とかそういう意味のことをぬかした馬鹿がいたから殴っただけだ。向こうの方が体格が良かったが、執念深さはこちらの方が上だった。「あいつはやられたらやり返すぞ」という噂になり、変なちょっかいを出してくる奴はいなくなった。

とはいえ、じいちゃんに余計な心配をかけたくない。

「授業が暇だったから、自分で引っ掻いたんだ。ほら、文字が読めるだろ？」

「どれどれ？」

じいちゃんは老眼鏡をかけておれの腕に顔を寄せる。

「えーと、これは『くろみ』って読むのか？」

「意味なんてないよ。適当に書いたんだから」

実際のところ、たまたまそう読めるだけでミミズ腫れの跡に意味なんてない。おれ自身、書いた記憶がないのだから。寝ている間に引っ掻いただけだろう。

「そうか……学校でなんかあったらじいちゃんに言えよ」

「じゃあ、行ってきます」

「車に気をつけろよ」

おれはじいちゃんに見送られながら外に出る。そして自転車に跨がり、いつも通り奈良の街を走り始めた。


まず近所にある中央図書館に行く。

ナップザックから昨日借りた本を全部出して返却口に置くと、すぐに本棚へ向かう。

おれは毎日五冊本を読むことにしている。そして今日の分の本を借りに来たのだ。政治、数学、歴史、自然科学、文学……アトランダムにそれでいてなるべく偏りのないように本を選ぶ。どうせいつかは全部読む本なのだからここであまり悩んでも仕方が無い。

おれはカウンターに五冊の本を持って行き、貸し出し手続きを済ませると、ナップザックに放り込んで背負い直す。両肩にかかる重みでこれから増える知識の量を実感できる。おれはこの瞬間が何より好きだった。

このペースだと小学校を卒業する頃にはめぼしい本はあらかた読み尽くすことになる。その時、自分がどれだけ賢くなっているのか少しだけ楽しみだ。

中央図書館を後にすると、おれはそのまま国道169号線に出る。国道169号線沿いは交通量も多いが道路は真っ直ぐだし、目的地へはここを走るのが最短距離なのだ。

自転車を走らせていると、ほどなくして国立奈良病院に到着した。駐輪場に自転車を停め、おれは薄汚れた病棟に入る。長いこと通っているせいで医師や看護師たちともすっかり顔なじみになってしまい、もはや面会手続きさえパスできるようになった。

階段を二段飛ばしで三階まで駆け上がる。階段をすぐ右手に曲がると302号室だ。脇には『本陣半』というプレートが挿さっていた。

おれは静かにドアをノックする。

「達也？」

母さんの声だ。

「おれだよ」

「入って」

おれはゆっくりとドアを開け、病室に入る。もう数えるのも馬鹿馬鹿しくなるほど繰り返した動作だ。

物心ついた頃にはもう母さんは入退院を繰り返す身になっていた。子供心におれもそれが当たり前の状態なのだとなんとなく受け入れていたが、やがて少しずつその頻度が増え、入院期間も長くなっていることに気がついてからはその先をなるべく考えないようにしていた。

「今日は大丈夫なの?」

「お陰様で。この調子が続けばじきに退院できそうね」

今日は割と元気なようだ。この調子が毎日続けば良いのに……。

おれは母さんのベッドの横にある椅子に座ると、ナップザックから『アメリカ近代史』を取り出して読み始めた。

基本的に大人向けに書かれた本を借りているから、中には理解に手間取るものもある。だから読書に嫌気が差さないように五十音順で手をつけることにしている。

読みたいとか読みたくないではない。読むのだ。そして自分で決めたルールは崩さない。

「また五冊も借りてきたの? 返却期限は二週間あるんだからもっとゆっくり読んだらいいのに」

呆れたような口調で言われると反発したくなるのが人情だ。

「勉強して怒られるの？　遊んでて怒られるなら解るけどさ……」

「達也は遊ばなすぎなの。勉強なんて後からでもできるでしょう？」

「遊んでる暇なんてないよ。おれはどんどん賢くなるんだからさ」

そして力を手に入れるのだ。できれば母さんを助ける力を。それが無理なら他のことが何でも自由になる力を。

「それより学校の話をしてちょうだい」

「話して面白いようなことなんて学校にないよ」

「達也にとってはそうかもしれなくてもお母さんには違うの。私はお前が学校でどんな風に過ごしているのか、想像するしかないからね」

そりゃ、学校の出来事なら全部話せる。だけどそこに母さんが望むようなものは何一つないような気がする。

「そんなこと言ったって、あいつらはみんな馬鹿だよ。何も得るものがないし、本でも読んでた方がマシだ」

「達也、そういう態度は良くないって言ってるでしょう」

母さんはたしなめるような口調でそう言った。どうやら少し怒っているようだった。

「でも、あいつらよりおれの方がずっと物を知ってるよ？」

「物を知ってるのが偉いのなら、お前はコンピューターに頭を下げるの？」

「……コンピューターは物を考えたりしないだろ」

内心痛いところを衝かれたとは思ったが、なんとかそう言い返す。確かコンピューターが自分で何かを考えられるようになるのはずっと先のことだった筈だ。

「屁理屈を言うためにしかその頭を使えないのなら、もう本なんて読むのをやめなさい」

その言葉は平手打ちのように重く、そして痛かった。本当に平手打ちをされた方がずっとマシだった。

おれが黙っていると、母親はこう続けた。

「自分の方が優れているから他人には何をしてもいいって思うのは勝手よ。だけど、お前よりも優れた相手が目の前に現れたら何をされても構わないって思う？」

「……思わない」

「だったら学校のみんなだってそう思う筈でしょう」

ぐうの音も出なかった。だが一方で釈然《しゃくぜん》としないのも事実だ。

「それでも……おれより凄い奴なんてそうはいないよ」

「全て憶えているから、全て知っているからって何でもできるわけじゃないでしょう。確かにお前は人にはない才能があるかもしれないけど、それ以前にお前は人間なのよ。そして人間は一人じゃ生きられないの。だから自分にできないことを認めて、誰かと手を繋ぐのよ」

人の気も知らないで……。

「今日は帰るね」

おれはナップザックに本を詰めると、立ち上がった。

「あと、おれは一人で生きられるよ」

そう言った瞬間の母さんの悲しい瞳ときたら。きっとこれから先の人生、おれは折りに触れて思い出すだろう。

決して母さんにこんな顔をさせたくて見舞いに来たわけではないのに。

昔、ノートを取らずに授業を聞いていたら担任から注意された。腹が立ったからその場で板書と授業の話を再現してみせたら、とても厭な顔をされた上に「いいからノートを取りなさい」と頭ごなしに叱られた。それでもノートを取らなかったら、他のクラスメイトまで真似をし始めて、一時は学級崩壊の寸前まで行った。「あなたがノートを取らないから」と担任に泣かれたので、おれが仕方なくノートを取るようにすると授業風景はまた以前のように戻ったが、以来おれは担任もクラスメイトも等しく馬鹿だと思っている。読み返すこともないノートをクラスの秩序のために取らされる馬鹿馬鹿しさときたら……。

本当はこんな体質に生まれたくなかったよ。

病室ではどうにか呑み込んだ言葉だ。おれの気持ちはともかく、母さんのことを考えたら言えるわけないではないか。母さんだってこんな若さで死ぬために生まれてきたわけではないのだから。

廊下の時計を見るとまだ十七時過ぎだった。じいちゃんの店は十九時に閉まる。本陣家ではそれから食事をするのだ。それは三人が二人になっても変わらない。

いつもより早く帰ってじいちゃんに不審がられるのも厭だし、あそこで本読んで時間を潰すか。

おれは周囲をうかがって人の目がないことを確認すると、素早く階段を駆け上って屋上に出た。

そこには今日も誰もいなかった。色あせたベンチが一つっきりの殺風景な場所だが、おれにとっては誰にも邪魔されずにゆっくりと本が読める聖域だった。

ベンチに腰を下ろすと、本を取り出して先ほどの続きを読み始めた。おれはいつしか読書に没入していた。

どのくらいの時間が経っただろうか。ふと人の気配を察知した。

おれが顔を上げると、褐色の肌をした女性が目の前に立っていた。おそらくは二十代だろうが、目鼻立ちやスタイルが日本人離れしている。おれはエジプトの本にあったクレオパトラの挿絵を思い出した。

「ああ、良かった。気がついてくれて」

だから彼女が日本語で話しかけてくれて安心していた。いくら賢いおれでも、大人と会話できるほどの英語力はまだない。

「隣、失礼するよ」

そう言うと返事をする間もなく、さっさとおれの隣に座ってしまった。

彼女がおれに敵意を持っている気配はない。にもかかわらず、おれはこの女に強烈な嫌悪感を抱いた。だが理由は解らない。おれの嫌いな、頭が悪くて品がなさそうな人種というわけではなさそうだが……。

理性と本能の相克《そうこく》で何も言えなくなっていると、彼女はおれの読んでいる本を覗き込んでこう言った。

「本を読んでるんだ。頭がいいんだね」

良かった。はっきりと嫌いなタイプの大人だ。

「本を読むから頭がいいんじゃない。頭がいいから本を読むんだ」

世の中には本を読まない大人の方が圧倒的に多いことはもう知っていた。そしてそういう大人に限ってこんな絡み方をしてくるのだ。だからそのあしらい方も心得ている。

だが女は意に介した様子もなく、おれのナップザックを指さす。

「でも一度にそんなに本を持ち歩くなんて……もしかして頭が良くないんじゃないの？」

何も知らない癖に、適当なことを言いやがって。

「おれは毎日五冊本を読むんだ。そう決めてる」

「そう、それは凄いね。でも五冊しか読めないの間違いじゃないかな？」

その言い方がまた癇《かん》に障った。

「中央図書館では一度に五冊までしか借りられないからだ。その制限がなくて、学校に行かなくてもいいのなら一日中読む」

彼女は薄ら笑いを浮かべながら肯く。

「家と小学校と図書館、そしてこの病院が君の世界の全てってわけだ。たまには１６９号線を真っ直ぐ走って、あっち側には行ってみようとか思わないの？」

そう言いながら彼女は南を指す。家とは反対の方角だ。

「あっちは京終《きょうばて》だ。用がないから行かないだけだ」

「京終とは言い得て妙だね。だったらこの辺りが君のワールズエンドということか」

何がおかしいのか、彼女は笑っていた。ただ、世界の狭さを笑われているということは伝わってきた。

「大人も子供も一日が二十四時間というところは同じ、だったら世界の広さなんて問題じゃないだろう。足が長くなってもどうせ点から点へ移動するだけ、どう過ごすかなんてどこにいようが大差はない」

「大も小も同じ……まるでゼノンが言いそうなことだね」

実は昨日、詭弁論理学の本を読んだばかりだった。それを見透かされたようでおれは論理を切り替える。

「……他人の世界なんてどうでもいいだろう。おれには家と学校と図書館と病院、そしてそれらを結ぶ最短ルートしか必要ないというだけだ。それ以外がどうなってようが興味がないんだ」

「狭い世界で毎日同じことを繰り返す。まるでロボットみたいだ。君の行動なら未来予知なんてしなくても、全部言い当てられそうだね」

「未来予知なんてものはない！」

間髪を容《い》れずに答えていた。この女がおれの逆鱗《げきりん》に触れたからだ。

「でも君のお母さんは未来予知ができたそうじゃないか」

「あんた、御堂家の関係者か？」

この女が母親を連れ戻しに来たというのならおれは戦わないといけない。

だがこの女は笑顔で首を横に振る。

「違う違う。私は半《なか》さんの古い友達みたいなものだよ。だからそんな怖い顔しないで、達也君？」

おれが生まれる前、母さんは郡山にある御堂家で巫女のようなことをしていたらしい。

顧客である政治家や社長の未来を予知し、それで御堂家に莫大な利益をもたらしたそうだ。でもおれはそんな馬鹿な話を信じていない。

母さんは御堂家でのお役目のせいで身体を壊して、入退院を繰り返すようになったと聞いている。だが母さんに本当に未来が見えていたというのなら、そもそもこんな現状なんて回避できていた筈だ。

「実は私も君のお母さんと同じで未来が見えるんだよ」

「相手の将来に関するそれらしい言葉を告げれば、予言を信じたい人間は勝手に良い方に受け取る。そしてそんな奴らばかりを相手にすれば商売は成り立つ」

一時期、奇術や心理学の本を読み漁った結果、予言に関するトリックがよく解った。そしてこの世に騙されたがっている人間が想像以上に多いということも。

おれはそんな馬鹿な連中とは違う。

「まあ、そういう詐欺を働いてる連中もいるだろうさ。でも本物もいるんだよ。例えば君のお母さんや私なんかがね」

だったら丁度いい。

「じゃあ質問だ。仮に未来が見えたとして、将来起こることを誰かに伝えればそれで行動が変わり、未来も変わる。だが未来が変わってしまえば最初に見た未来は未来ではなくなる……おかしな話じゃないか」

母さんには決して向けられない意地悪な問いかけだ。母さんに予言の話を聞かされる度に、ずっと反論を練っていたのだ。

「うーむ、どう説明したものか……そういや君は毎日、お母さんのお見舞いのためにこの奈良病院まで通っているそうだね」

「それの何が悪いんだよ？」

「話は最後まで聞きたまえ。たとえ話に使えると思っただけだよ。いいかい、君の自宅を始発点、奈良病院を終着点としよう。そして君が終着点に辿り着くことは確定していると して、そこに至るまでのルートは無数にあるだろう」

「１６９号線沿いが一番効率的なルートなんだ」

「でも必ずしも国道１６９号線を使う必要はないだろう？　おまけにどんなルートを選ぼうが大局的には病院に到着するという結果は変わらない。勿論、到着時間には差が出るだろうけどね」

「一体、何が言いたいんだ？」

話がさっぱり見えてこない。

「だから私たちが見る未来もその終着点と同じなんだ。そうなるという結果は変わらないけれど、どう至るかは道のり次第でいくらでも変わる。私はこの未来を便宜上、終着点《ターミナルポイント》と呼んでいる。解るだろう？　要は半さんがやっていたのはなるべく良い道のりを歩けるようにアドバイスする仕事だったんだよ」

「そんなの詭弁《きべん》だ！」

あまりにも予言する側に都合のいい話ではないか。おまけにその理屈を信じるならば、母さんの現状も終着点として決められていたということになる。

「別に君が信じないのは勝手だけど……」

女は拗ねたように口をとがらせた。

「そういえばお母さんが心配してたよ。お見舞いは嬉しいけど、毎日だとかえって心配だってさ」

「あんたにおれの何が解るんだよ！」

赤の他人に知ったような口をきかれて頭に来た。

「あんたなんて呼び方はやめなよ」

それでも彼女は特に気分を害した様子もない。

「名前を知らないんだから仕方ないだろ」

「そう？　だったら自己紹介するけど。私は安蘭寺くろみ」

総毛立つという表現がある。頭では理解していたが、たった今身体でも理解できた。

「くろみ」

初対面の大人を呼び捨てにするほど無作法に育てられたつもりはない。なのにおれの口は勝手に敬称を省いていた。

「おやおや、いきなり呼び捨て？　随分と気安いねえ。まあ、そういうの嫌いじゃないけど」

おれはくろみの言葉を無視してそっと自分の左腕を盗み見る。記憶に違《たが》わず、腕には「くろみ」と書かれていた。

本能は「逃げろ」と告げている。だがこの一致が何を意味しているのかまだ解らない以上、それはおれにとって敗走だ。本能に負けて衝動的な行動を取るなんて、おれの嫌いな連中と同レベルではないか。

「……小学校では知らない大人に気を許すなって教えてるんだよ」

落ち着け。例えばこの女がおれを誘拐しようとしていたとしても院内の医師も看護師も顔馴染みばかりだ。誰にも見咎《みとが》められずに目的を遂げるのは不可能に決まっている。

そう考えると余裕が出てきた。

「おれはもうあんたと話したくない。読書の邪魔をしないでくれ」

どうにか読書に戻ろうと、無理してページをめくる。するとそこには一枚のしおりが挟まっていた。黒地に白の文字で、何か印刷されている。

KUROMI ANRANJI

今ほどローマ字が読めることを後悔した瞬間はない。危うく飛び上がるところだった。

隣でくろみはニヤニヤ笑いを浮かべていた。

「君が借りる本を予知して挟んでおいたんだよ。勿論、このタイミングでしおりが現れることも予知してたけど」

本音を言えば叫び出したい気持ちで一杯だった。こんなことが起こる筈がない。

だが必死で考えを巡らせた結果、ほどなくしておれは答えらしきものを手に入れた。

「これもトリックだ。事前に図書館の本に沢山のしおりを仕込んでおいただけだろう。そしておれが読んでいた本がたまたましおりの挟まった本だったから、いかにも『予知してました』というフリができた」

未来予知なんかではなく、おれがしおりの挟まったページに辿り着いたタイミングで水を向けただけだ。

「あっきれたー。君ってば無駄に疑り深いんだね」

「子供だましみたいな真似をするからだ」

「子供だましはどっちかな。しおりを図書館の本全部に挟んで回るの大変そうだよね。どれぐらいかかるか解らないし、そんな変な真似してたら誰かが肩を叩くだろうさ」

くろみはあくまでチェシャ猫のような笑いを崩さない。

「ちなみにおれは借りた本を五十音順で読むと決めている。あんたがそれを知っていればア行やカ行に重点的に仕込めばこと足りるだろう」

突然、くろみは真顔になった。図星を指されて余裕がなくなったのだろうか。

「やっぱり人生には余裕が必要だよね」

そんなおれの心を読んだかのようなことをいきなり口にする。いや、どうせこれも読心術の一種だ。信じたら相手の思うつぼだ。

「そして君は無駄を嫌い過ぎる。人生にもある程度冗長性がないと硬直化してどうにもならなくなるよ」

無駄というのは例えば取る必要のないノートを取らされるようなことだろうか。

「……あんなことが人生に必要だと言うなら、おれは断固拒絶する」

「全ての無駄を受け入れろって言ってるわけじゃないよ。受け入れても問題のない無駄もあるってことさ。確かに君の生き方ってよく言えば合理的だけど、裏を返せば読みやすいってことでもある。君の未来なんてわざわざ見なくてもいいかもしれない」

「見えないの間違いだろう」

「いや、実際はもう見たんだけどさ」

そう言いながらくろみはおれの隣にあるナップザックを指さす。他の本も確認してみろと言っているのだ。おれは渋々ながら本を引っ張り出して確認してみる。

はたしてくろみ謹製のしおりは他の四冊にも挟まっていた。それも全て最終ページにだ。

「最初の一冊だけ途中に挟むなんて芸当、可能だと思う？」

今すぐ中央図書館に戻って、本棚の本を全て確かめたい気分だった。だが、それでしおりが一枚も出てこなかったら……きっとおれは恐慌状態になるだろう。

「こんなの、ただの偶然だ！」

「勿論、種も仕掛けもない。ただ未来を見ただけだよ」

「だからそんなことが人間にできる筈がないだろう！」

くろみは深いため息を吐いた。

「それじゃ、一つ実験してみようか。私の名前は？」

「……安蘭寺くろみだろ？」

「だから呼び捨てはよしなさいって。まあいいや」

くろみはベンチから立ち上がると、三メートルほど離れた場所からおれに「私の名前は？」と問いかける。

「だから、安蘭寺くろみ」

おれが答えると更に数メートル離れて、また同じことを問いかけてきた。

「安蘭寺くろみ！　もういいか？」

「はい、最後にもう一声」

その女はおれから距離を取りながらそう言った。

なんだ、そんな簡単なこと……。

しかし何故か名前が出てこない。

「ほら、私の名前！」

初対面ではないのは頭で解っているのに、どういうわけかおれはこの人物の名前を思い出せないのだ！

それでも何か言おうと口を動かすが、上手く言葉にならない。

「何をした……」

それだけ言うのがやっとだった。

「やっぱりこの辺が限界か」

「だから何をしたんだよ！」

おれは恐怖を振り払うように叫んだ。だが彼女は意に介した様子もなく、ゆっくりとこちらに戻ってくる。するとおれの頭の中に「安蘭寺くろみ」という文字列が甦る。

「何を……した？」

おれは生まれてこの方物忘れなんてしたことがない。

「どう説明したものかな……」

くろみは再び、おれの隣に腰を降ろす。

「脳が一度憶えてしまったことを完全に消すのは難しいんだ。ノートに消しゴムをかけても元の白紙には戻せないだろう？」

「鉛筆は紙を引っ掻くからな。そこに黒鉛の粉が入り込めば簡単には消えない」

冷静さを取り戻すために、おれは知識を総動員しながら答える。

「仮に消しゴムを丁寧にかけて消したとしても引っ掻いた痕跡は残るからね。復元自体は簡単だ」

「じゃあ、どうしておれはくろみの名前を思い出せなかったんだ？」

「簡単だよ。上からシールを貼ってしまえばいい。私に関する記憶を読み取れないように」

「まるで狙って健忘を引き起こせるみたいな言い方だな」

「君の脳は私の名前をはじめとする、安蘭寺くろみについての情報を確かに記憶した。しかし私は他人の脳の中にある私自身に関する宣言的記憶を封印できる。だから誰も私を記憶できない。ちなみにこの仕組みを私は認識ロックと呼んでるよ」

おれは宣言的記憶がエピソード記憶と意味記憶に分類できることも本で知っている。だからこそこの女がどれだけ恐ろしいことを口にしているのか理解できてしまった。

「認識ロックは私の任意のタイミングか、あるいは対象との距離が離れると自動にかかるようになってる。任意でもいいんだけど、たまに忘れそうになるからね。オートロックにしておいた方が安全だろう？」

「そんなことがあるわけ……」

そう口にした途端、涙が溢れ始めた。

恐怖で泣いているのではない。同級生たちが飽きもせずにひたすら同じ遊びを繰り返している時間に、おれは本を読み続けた。あいつらよりはよっぽど世界のことを知っている。いや、知っていたつもりだった。

しかし蓄え続けた知識が目の前の女にはまったく通用しない。おれは自分の武器が何の役にも立たないことを受け入れたつらさで泣いているのだった。

「あんた、何なんだ？　人間じゃないだろ」

涙を拭《ぬぐ》いながら、問いかける。

「××××××××さ」

空気が漏れるような、テープを早回ししたような妙な声。おれは返答をまったく聞き取れなかった。

「ああ、別に発音できない名前ってわけじゃないよ。ただ、人間の耳では聞き分けられないようになっている。意味が解ったらおかしくなっちゃうから、それでいいんだけど」

そう嘯くくろみを見て背筋が凍った。会うのは初めての筈なのに、この感覚は初めてじゃない。

そして思い当たる材料がおれの左腕にあった。

「もしかして、前にもこんなことが⁉」

「大正解。つい昨日の話さ。認識ロックのことを聞かされた君は、絶望しながらも私の名前を自分の腕にこっそりと刻みつけた……まあバレバレだったけど、見て見ぬ振りしてあげたんだ。武士の情けってやつさ」

慌ててベンチから立ち上がろうとしたが足がもつれて前のめりに倒れた。足が動かない。

「あははははは、いいリアクションだね」

そんなおれの様子を見て、くろみは腹を抱えて笑っていた。

「そうなんだ。私の認識ロックで封印できるのは宣言的記憶だけなんだよ。恐怖や歓喜、そういったものまでは封印できない。だからそれがひょんなことで甦ると、そんなことになる」

おれは先のやりとりだけでもこの女から充分な恐怖を与えられたつもりだった。しかしおれの脳はより深い恐怖を植え付けられていたようだ。足が言うことを聞かない。

「こんなの……インチキだ！」

これほどの激情は記憶になかった。今まで出会ってきた理不尽とは桁が違う。

「未来が解って、人の記憶まで操れるなんて……世界を支配してないとおかしいじゃないか！」

「こんな世界、とうに支配してるようなものさ。面倒だから何もしないだけでね」

くろみはおれの腕を取ると、助け起こしてまたベンチに座らせてくれた。

「世界を支配することのできる力を持った悪者が目の前にいる。そしてそれを知っているのは世界で今、君だけだ。さて、君ならどうする？」

周囲に武器になりそうなものはない。いや、武器なんてあってもなくても同じだ。

「うわあああ！」

迷った末におれはくろみの太股《ふともも》を力一杯殴る。だがその手応えは予想外のものだった。

おれの全力はこんなに頼りないのか……。

東大寺の大仏を殴ったってこんな感触はしないだろう。何かとてつもなく馬鹿でかいものに喧嘩を売ってしまった絶望感だけが残った。

いくら特撮ヒーローでも津波や台風に向けて必殺技を放ったりはしない。意味がないからだ。

「賢いね。抱きしめてあげよう」

これぞまさしく蟷螂《とうろう》の斧《おの》だ。動けなくなったおれは覆い被さってきたくろみに抱きすくめられる。

「このまま君が内臓を吐き出すまで強く抱きしめることもできるんだよ」

自分がそうやって死ぬ様がありありと浮かんだ。そしてこの女にはそうするだけの力がある。

「やめろ！　はなせ！」

おれが暴れると、くろみはけらけら笑い始めた。

「かわいい子だ。はい、ご褒美《ほうび》」

くろみに無理矢理キスされて、また涙が出てきた。今度は悔しさからだ。

「泣かなくても大丈夫。君に危害を加えるつもりはないよ」

「どうして……どうしてこんなことするんだよ？」

「どうしてだって？」

くろみは初めて残念そうな表情を覗かせた。

「理不尽の意味を誰かに問うてどうする？　それぐらいは自分の頭で考えるんだよ」

そんなことを言われても考えつかないものは仕方がない。

「解らないんだったらそこが君の限界ってことさ。何、ちょっと勉強すりゃ解るよ」

心が負けを認めたがっていた。

「本の中には真実なんてないし、目的なき知識なんて何の役にも立たない。向き合うべきはいつだって目に映る現実、脳に入ってくる全ての情報を吟味して答えを出すんだ」

誓いを立ててから一日も休まず続けた研鑽《けんさん》はただの自己満足に過ぎないと宣告されたのだ。

「とまあ、今日はこの辺にしてあげよう」

この口ぶりではまた次があるということだ。つまりおれはこの怪物に今後もいたぶられ続ける……。

「ところで君はメモ帳を持っているね？」

おれは黙って肯く。一度目にしたものを忘れないのだから本来メモ帳なんて必要ないのだが、母さんが病室で寝ている時に伝言を残すために持ち歩いている。

「この前、自分の腕を引っ掻いてた時は見て見ない振りをしてあげたけど、今日はまた特別だ。三分間、何を書いてもいいよ」

おれは慌ててナップザックからメモ帳とペンを取り出し、何かを書こうとする。しかし焦りのあまり、上手く文章が出てこない。

「さあ、実に難しいね。そのメモを読む時、君は私のことを忘れてるわけだしね。あんまり荒唐無稽な内容だと、君自身が受け入れられないだろう？」

おれは学校では時間ギリギリまで答案を書いているクラスメイトを馬鹿にしていた。そしてそういう奴に限って成績が悪い。だが、今や連中の気持ちが痛いほど理解できた。時間がないのに、何を書いても不正解な気がする。

「さあ、あと三十秒しかないよ。急いで」

おれはこの絶望的なテストの正答も解らないまま、必死にペンを走らせた。

放課後、いつも通り図書館に寄って病院に来た。だが３０２号室のドアをノックしても返事がなかった。

どうやら母さんは眠っているようだった。だったらわざわざ起こす必要もない。

おれはナップザックから筆記用具を取り出し、母さんへメモを残そうとした。だがメモ帳をめくると、そこにはまったく記憶にない走り書きが残されていた。

お前は未来を見る怪物と出会った。おまけにそいつは記憶を消してくる。

お前はこれを書いたことを忘れているだろうが、信じてくれ。

間違いなく自分の筆跡だ。筆跡といい内容といい、寝ぼけて書いたのだろうか。

だが夢の内容をメモするのにわざわざナップザックからメモ帳を取り出したりはしないだろう。部屋にはノートがいくらでもある。

妙なメモを破り捨て、新しいページに改めて母さんへの伝言を書こうとするがどうにも身が入らない。おれがこれを書いたというのなら、せめてタイミングぐらい特定できてないと気持ちが悪い。

おれはメモを閉じると、記憶を巻き戻す。起きている間のことを全て憶えているのだから、時間さえかければいくらでも過去を遡れる。

妙だな……。

三日ほど記憶を遡って気がついたが、三日前の夕方の記憶が欠けている。いつも通りに病院に行き、母親の病室で本を読んでいたところまでは確かに思い出せる。しかしそこから小一時間ほど抜けがある。

こうして遡らなかったら気がつかない程度の記憶の齟齬《そご》だ。だがおれにとっては耐えがたいことだった。

おれは猛烈な吐き気に襲われて、廊下で蹲《うずくま》る。

「大丈夫？」

顔見知りの若い女性看護師がおれを心配して声をかけてくれたが、おれは助けを拒絶して男子トイレに駆け込んだ。

おれは何でも憶えてしまうこの体質を呪ったこともある。だが、今や忘れてしまうことの方が恐ろしい。早く記憶の欠落の原因を突き止めないとストレスでどうにかなってしまいそうだ。

おれは男子トイレを出ると、廊下の椅子に座って考えをまとめる。

人間は強い恐怖を覚えると精神の安定のために記憶を封印することがあるという。あのメモと合わせて考えると、三日前の夕方におれは何かとても恐ろしい思いをしたようだ。

記憶を消す怪物なんて荒唐無稽だが、結果的に記憶が消えているのだからメモにも一定の信憑性《しんぴょうせい》があることになる。

そうだ。あの日、母親と気まずくなったおれは病室を出て、そこから屋上に向かった……
ということはその怪物とは屋上でエンカウントしたわけだ。

時刻はまだ十七時過ぎ。奇しくも三日前と同じ時間帯だ。

そこに恐怖が存在すると解っているのなら行くべきではない。そう頭では解っていた。
けれどここで逃げたらおれはおれでなくなる。

おれは屋上を目指して階段を一段一段登り始めた。

屋上のベンチには褐色の肌の若い女性が既に座っていた。どう見ても病院関係者ではなさそうだ。

「何度も怖い目にあったんだ。普通は無意識に足が遠のくんだけどね」

その女とは初対面にもかかわらず、そんな気がしなかった。こういうのをデジャヴというらしい。

いや、思い出せないだけでおそらくは既に会っているのだろう。

「その勇気に免じて、認識ロックは解除してあげたよ」

〝その女〟から〝くろみ〟になる瞬間の気分の悪さといったら。油断していたら吐いていたと思う。

「……案外、優しいんだな」

精一杯の虚勢だ。

「君には初対面でも、私にはそうじゃないからね。私だって何回もはじめましてをするのは精神的に疲れるんだよ」

そう言ってくろみは手招きする。「こっちに来て座れ」ということだろう。おれは渋々従い、くろみの隣に腰を下ろす。

「それで、どうしてここに？」

「メモの内容を真剣に考えてみた。その結果だ」

「ああ、何か必死に書いてたね。でもあんなものを信じたのかい？」

「信じられるわけがない。だが状況はメモの内容がほぼ真実だと語っていた」

「だけどメモに書かれていた通りの存在が本当にいたとして、君の手には負えないだろう？」

「発想を変えたんだ。安蘭寺くろみという存在はおれの常識を遥かに超えていた。実際、世界中の図書館のどこを探してもあんたのことを説明している本は見つからないだろう。だからこそ知識に頼らなくてもいいと開き直れた。この場であんたについて真剣に悩み、その解答を求めてここにやって来た」

「それでも、なるべく距離を取るのが普通じゃない？」

「そんな怪物に目を付けられたのなら、どこに居ようが関係ないだろう。むしろ考えるべきは何故おれなんかが目を付けられたのか、という点だ」

そう。怪物との戦い方なんか考える必要はなかった。むしろ〝何故〟を考えるべきだったのだ。

「おれは特別な人間だ。だから何もかも記憶できる」

「そうだね。贈られし者《ギフテッド》ってやつだ」

「だけど、あんたからしたらおれなんてちっぽけな存在だ。猫は鼠《ねずみ》を気まぐれにいたぶるかもしれないが、ライオンが鼠をいたぶるか？」

「どうだろう。死ぬほど暇だったら手ぐらい出すかもしれないね」

「ライオンと鼠というのはあくまで比喩だ。本当は象と蟻《あり》……いや、そんなものではないだろうが。いずれにせよ、普通なら軽く触れただけで致命傷になる。だから細心の注意を払って、手加減していたと考えるべきだ」

「うん。実際、存在級位の差はあるからね」

聞き慣れない言葉だったが不思議と意味は解った。

「おれがあんたを倒すことなんて絶対にありえないし、そもそもおれがあんたに影響を与えることすら不可能だろう」

「いいね。今、君は自分の頭で考えている。続けて」

「あんたはこの前、人の運命には始発点と終着点があるという話をしていた。終着点は変えられないが、その道筋はどうにでも変わると」

「よく要約できました」

「そして、母さんががやっていたのは相手がなるべく良い道のりを歩けるようにアドバイスする仕事だったとも言っていた」

「そうだね。で、そこから君は何を導き出した？」

「だったら……やろうと思えばあんたにだって同じことができた筈だ」

「そうかな？　私と関わった人間には認識ロックがかかる。何をどうアドバイスしたって相手は忘れてしまう。まさに徒労だよ」

「認識ロックは宣言的記憶にしかかからないのはとうに実証済みだ。だからおれはこう考えた。この一連の干渉自体があんたの言うアドバイスに当たるんじゃないかって」

「ほう？」

「あんたからの干渉はおれの行動原理に少なからぬ影響を与えた。屋上に来る際だって階段を一段登る度に冷や汗が滲んだ。下手をすれば生涯屋上と名の付く場所を避けていたかもしれない」

「おめでとう。これで無意識に屋上から飛び降りることを選択することはなくなったね」

それはくろみの言う通りだ。しかしただの厭がらせから出た行動のようには思えないのだ。なんというか、まるでおれを危険から遠ざけてくれたようで……上手く言えないが、敢《あ》えて当てはめるなら愛だろうか。

「なあ、くろみ……」

おれはずっと母さんの不思議な力を認めようとはしなかった。だけど本当にそれがあるというのなら……きっと母さんはおれのために使う気がする。

「あんた、本当は母さんなんだろ？」


母さんから受けた叱責とくろみによる悪趣味な誨諭《かいゆ》、両者は全く違うもののように見えて本質的には同じだと気づけば答えはすぐだった。あれはどちらもおれを正そうとしていたのだから……。

「ねえ、どうなの？」

くろみは申し訳なさそうな顔でこちらを見ている。その表情が何よりも真相を雄弁に物語っていた。

「その呼び方は合ってもいるし、間違ってもいる。私は本陣半の中に深く潜行しているけど、決して本人というわけではないんだよ」

「だけど母さんでもあるんだよね？」

「そんな顔で言われると否定しづらいな」

「おれだって母さんをくろみなんて呼び方したくないから……」

「じゃあ、母さんでもいいよ」

くろみは母さんであって母さんでない。それでもおれは嬉しかった。

「母さん……」

くろみは「仕方ないな」といった様子でおれを見ている。

「普段はこんなことしないんだけど今日は特別。ほら」

くろみは足を揃えると、太股の上をポンポンと叩いた。乗っていいと言っているのだ。

「おれ、重いよ？」

「心配しないで。象がありんこを乗っけるようなものだよ」

「誰かに見られたら……恥ずかしい」

「誰も来ないよ。来たって忘れさせる」

「おれが恥ずかしい」

「面倒臭い子だね。どうせ忘れるのに。あんまり文句言ってると、力ずくで座らせるよ？」

「……わかった」

おれはゆっくりと立ち上がると、くろみの足の上に腰を下ろした。

「大きくなるもんだね」

くろみに後ろから抱きすくめられる。前の時と違って、おれは深い安心感に包まれた。

このままずっとこうしていたいぐらいだ。

「ねえ、ちょっと先の話をしてあげようか」

「うん」

「もう少し大きくなった君は御堂家に挑む。そして負けるんだ」

「なんとなくそんな気がする」

もはや彼女の言葉の全てに納得できた。おれが御堂家を敵に回すのも、負けるのも極めてありそうなことだ。

「例えばこの話を聞いて、君は行動を変えるかい？」

「ううん。負けると言われたって、おれが必要と思ったなら挑むよ」

偽らざる気持ちだった。

「ねえ、母さんにしたら人間なんてゴミみたいな存在でしょ。どうして構ってくれるの？」

「そりゃそうなんだけど、私にも好き嫌いぐらいはある。半のことは割と気に入ってたんだ。彼女の願いとあれば耳を傾けるさ」

「母さんは何を願ったの？」

「君の破滅を止めること」

さらりと言ってのけた。

「まず最初に君の未来を見た時点で、君が御堂家に敗北することだけは解っていた。その敗北は一つの終着点で、避けられない結末だけど、それでも負け方は選べる状態にあった。私が上手く介入しさえすれば少なくとも破滅的な結末は避けられそうだったんだよ。ところがいざ介入してみると、認識ロックが足を引っ張るんだ」

「ああ、どんなアドバイスをしたところでおれが思い出せないなら何の意味もない……」

「そういうことだね。まあ、認識ロックは私が世界に干渉しすぎないための保険でもあるんだけど、私の立場上、四六時中君に貼り付いてロックを解除しておくわけにもいかない」

「他の誰かの未来を変えることで、間接的におれの未来を変えられなかったの？」

「やるだけやってみたけど、君の行動を変えるには至らなかった。おまけに君は誰よりも賢いと自惚《うぬぼ》れている上に石頭だから、どう介入しても同じ破滅に到達する。まるで飛車角落ちどころか王将一枚で将棋を指すようなものだったよ」

「何回だって待ったを使えるのに？」

「厭味だね。そういうこと言ってるから女の子に嫌われるんだよ」

実際には待ったどころか、巻き戻しまでできるのだ。面倒であれ、勝てないなんてことはないだろう。

いや、だからこそ勝ち方にこだわる必要があるのか。

「だからっておれをこんな風にいたぶることはないだろ。ひどいよ」

「指導対局みたいなものさ。人間、痛みがないと真剣に物事を考えないからね」

「……おれはいつも真剣だ」

「当人はそのつもりでも実際は違う。何せ君は賢いからね。例えば学校のテストなんて授業中の出来事をちょっと思い出せばいい。将棋を指すにしても、その場その場で先人の定《じょう》跡《せき》を引き出して使うだけだ」

「そうしないとじいちゃんといい勝負ができないからだよ」

「それ自体が悪いと言ってるわけじゃないよ。ただ君は知識ばっかり蓄えて、自分の頭で何かを考え抜いたことがないって点を指摘したかっただけさ」

おれは羞恥で身を縮めた。言われてみればその通りだ。誰よりも頭がいいと自負しながら、その癖まともに頭を使ってこなかった。

「そんなに恥ずかしがることはないよ。どうあれ今、君がここにいるのは頭を使って考えた結果だ。単にこれまでその機会に恵まれなかったというだけの話でさ」

「母さんは機会を与えてくれたんだね」

肯定の返事の代わりにおれは抱きしめられた。

「ただの無謀ではなく勇気でもって恐怖に立ち向かったこと、そしてありものの知識に頼らず自分の頭で真剣に考えたことは君に良い影響を及ぼす筈だ」

「でも母さんと別れたら忘れるんでしょ？」

「いいや。確かにこの体験自体には認識ロックがかかるだろうけど、君の脳は確かに学習したんだ。窮地に陥った時はこの体験が君を助けてくれる」

「御堂家に挑んで負ける運命なのに？」

「たとえ負ける運命が決まっていても、負け方は変えられるんだよ。同じ倒れるにしたって前のめりに力強く倒れたなら、きっとまた起き上がれるさ」

母さんがおれの身を案じてくれていたことが解って嬉しかった。だが同時にもの凄く悲しい気持ちになった。

「ねえ、こんなことするってことはさ」

「うん？」

「母さん、やっぱり長くないんだね……」

あの御堂家に一人で挑むなんてあまりに無謀だ。そんなことは子供のおれでも解っている。それでも挑んだということは母さんがいなくなっているに違いない。おれを止められるのは母さんだけだ。

「来週の今頃には退院できるし、また一緒にどこかに行ったりもできるさ」

母さんとまた一緒に出かけられるなら近所での買い物でさえ嬉しい。でもそんな何気ない喜びに回数制限があるなんて知りたくもなかった。

「やだよ……もっと一緒にいたい」

「今日明日にお別れが来るわけじゃないよ。だから心に整理をつける時間はある」

「そういう言葉が聞きたいんじゃない。おれを置いて勝手に死なないでくれって言ってるんだよ」

こんな言葉がずっと言えなかった。言ったところで母さんから病魔が去るわけでもないし、何より一番辛いのは母さんだと解っていたから。

「お前は優しいね、達也」

頭を優しく撫《な》でられた。嬉しい筈なのに、何故か涙があふれ出した。

「こらこら、今泣かなくてもいいんだよ。どうせお別れの時にもっと泣くんだからさ」

そうか。その日におれは泣くのか。絶対に泣かないと決めていたのに……。

「ちゃんと解ってたよ。お前が毎日私の前で大人向けの本を読んでたのは、母さんがいなくなっても一人で生きていけるところを見せたかったからなんだよね」

「そうだよ」

だけどあんなものは結局パフォーマンスだ。だっていくら本を読んだっておれの心は穴が空いたままだったから。

「言いたいことも全部呑《の》み込んで。母さんを心配させまいとしてたんだね」

でもそれがたった今埋まった。おれの小賢しい振る舞いが見破られていたと解って本当に嬉しかった。

「きっとおれは一人でも生きられるよ。でも本当は一人で生きたいわけじゃないんだよ」

「充分に愛してあげられないことは本当に申し訳なく思ってるんだよ」

「さみしいよ、母さん」

おれは学校では好かれていない。この先も家族以外から愛されることはないだろう。

「大丈夫。お前はかわいいいから色んな人から愛されるさ。どの道、女の子が放っておかないよ」

「嘘だ。おれに友達なんていないし、この先も一人だ」

おれは膝から降ろされた。だけどその直後、強く抱きすくめられた。

「お前の未来を見た私が言うんだ。保証するよ」

この時間ももう終わる。そんな予感があった。

「誰かを助けたと思えば誰かに助けられたり……この先もお前は一人じゃないよ。それを忘れても、憶えててね……」

別れというやつはやっぱり厭だな。

おれは涙を流しながら、ぼんやりとそんなことを考えた。

おれは跳ね起きた。いつの間にかベンチで横になって寝ていたようだ。

空はもう赤いが、まだ日が沈んでない時間で良かった。今から帰れば夕食には余裕で間に合う。これがもし数時間も眠りこけていたらじいちゃんが警察に連絡していただろう。

ふと違和感を覚えて、顔に手をやる。おれは自分の頬に涙が乾いた跡が残っていることに気がついた。寝ている間に何か悲しい夢を見たのだろうか。

夢を見て涙を流すなんて、まだまだ心が弱い証拠だ。

三階に降りると、なるべく人とすれ違わないようにして男子トイレに入り、洗面所で念入りに顔を洗う。

そう遠くない将来、母さんと別れる日が来るんだ。その時は絶対に泣かないようにしなくちゃな。

涙の跡が残ってないことをよく確認して男子トイレを出る。帰る前に母さんの顔を見て行くつもりだったが、すぐに思いとどまった。母親というのは子供の変化に世界一敏感だ。目はまだ赤いし、まぶたも腫れている。顔を洗ったぐらいでは泣いてたことは隠し通せないだろう。だからといって寝ながら泣いたなんて言えば恥の上塗りになる。

今日はこのまま帰ろう。

面会を諦めたおれが一階に降りると、ちょうど事故に遭ったと思《おぼ》しき男性がストレッチャーでどこかに運び去られていくところだった。すれ違った男性の苦悶の表情と服に付着した生々しい血痕はおれをそれなりに怯《ひる》ませた。

そういえば逢魔《おうま》が時《とき》と呼ばれるこの時間帯は魔に魅入られたように交通事故が増えるらしい。実際は日暮れで視界が悪くなるのと、一日働いた人間の集中がちょうど切れるタイミングが重なるためだと言われているが、事故に遭った人間にしてみれば理由はどうでもいい。

万が一にも事故に遭ったりして、母さんやじいちゃんより先に死ぬわけにはいかないな。念のために今日は違う道で帰ろうか……。

そう思った瞬間、閃《ひらめ》くものがあった。

ああ、そうか……母さんはこんなどうでもいいことを沢山知りたいんだな。

おれは再び三階に引き返して３０２号室の前まで行く。勿論、今日はもう会わないという誓いに変わりはない。だからおれはメモ帳を取り出した。

母さん、これからはもっとおれの日常を話すよ。けど今日だけはこれで勘弁してくれ。

おれは少し悩んでメモを書く。そして書いたメモをドアの下に差し込むと、駐輪場を目指してゆっくりと歩き始めた。

事故が怖いから今日はいつもと違う道を通って帰ってみるよ。
もしかしたらちょっと迷うかもしれないけど、ちゃんと帰れるから心配しないでね。

達也

ふっかつのじゅもん

三月二十二日、朝から御堂達也は影村寮の焼け跡を眺めていた。

三年がかりの戦いは達也の敗北という形で幕を閉じた。負けてからは御堂家に寝泊まりしていたから、最後の数ヶ月はほとんど物置同然だったが、それでも無くなってしまうと一抹の寂しさを覚える。

オールバックにした額を奈良盆地の寒風が撫でる。卒業式もとうに終わり、じきに四月だというのにここはまだまだ寒い。

結局、達也は京都に進学することにした。引っ越し先はもう手配してありこれから身一つで上洛することになる。何せ、運び込む筈だった荷物は全て焼けてしまったのだから。

影村寮が燃えたのは少し前のことだ。老朽化した寮は火の回りが速く、人命救助に一杯で達也は何も持ち出せなかった。だから入学の際に持参したもの、在学中に買い集めたものは燃えた。

トレードマークになっていた魔導書も。

水姫から借りっぱなしになってしまっていた小説も。

守哉から押しつけられた漫画も。

流が残したゲーム類も。

その他諸々全て燃えてしまった。

そして失ったのは物ばかりではなかった。水姫も守哉ももう達也の隣にはいないし、ドラも火事の際に逃げてしまったのか行方知れずだ。焼け跡からそれらしい焼死体が出なかったことだけは不幸中の幸いだが。

だが火事が達也から特に何を奪ったというわけでもなかった。物は失われても記憶までは失われない。読み終えた本の一言一句はおろか、誰とどんな風に触ったかまではっきりと思い出せる。これから身一つで上洛するが、実際は全部持ち込むのと変わりがない。

しかし、はたしてこの記憶が京都でどう役に立つのか……。

今となってはあの怒濤《どとう》のような三年間も一瞬の出来事だった気がする。一方で大学の入学式までの半月あまりが達也には永遠のように感じられる。新天地で何をして過ごせばいいのかすら思い浮かばない。

ただ、もうここにいるべきではないという気持ちだけはあった。

敗北の代償として、達也は御堂家に入ることになった。皮肉にも経済的な不安は一切なくなった。しかしそんなものはただの余録だ。達也を打ちのめした父親は「お前の好きにすればいい」とは嘯いていたが、首輪を嵌《は》められたような気分はずっと消えない。歩く度に自分を繋ぐ鎖の音がする気さえする。

おそらくドラは山に逃げ込んだのだと思う。迷って帰って来られない可能性はあるが、ドラ自身が野良犬に戻りたいのなら止める気はない。自分が御堂家の飼い犬になってしまった今となっては尚更だ。

さて、そろそろ行くか。

午後は新居のガス開栓の立ち会いがある。慌てる必要もないが、ここでずっと佇んでいるわけにもいかない。ドラのことだけは心残りではあるが……。

ふと後ろから誰かが歩いてくる気配を感じて、達也は振り返った。

「綺麗に燃えちゃったね」

密香だった。

出会ってから丸六年経つが、一向に老ける気配がない。きっと達也が去った後も学園内の男性を惑わし続けるのだろう。

「サボってるんですか?」

「おや、教え子の見送りに来たのにひどい言われようだ」

達也は苦笑した。京都での住まいは密香の紹介だ。出立のタイミングも全てお見通しというわけだ。

密香は達也の隣に立つと、焼け跡を眺めながらこう言った。

「京都ではどう過ごすの?」

「次はせめて普通に過ごしてみようかと。可能なら、ですが」

同じ学部に進む同級生は二人だった。何かのタイミングで達也の過去の悪行をバラされる可能性は決して低くない。

「大丈夫だよ。大学ってのは狭いようで広い。それに高校の時の妙な武勇伝なんて誰も真に受けやしないよ。いや、案外面白がられるかもしれない」

封印したい過去を誰かに蒸し返されるなんて想像しただけでぞっとする。やっぱりできるだけ平穏に過ごそう。

「ところでちょっとしゃがんでくれないかな」

密香が人差し指を下に向けながらそう言う。

「こうですか？」

言われた通りに膝を曲げると、密香が覆い被さってきた。密香は達也の頭を抱き寄せると、まず露出した額を撫でる。

「君はちょっと大きくなり過ぎたからね」

達也は身じろぎもせず、ただ密香に抱きしめられるがままにしていた。

「……誰かが見ていたら大変なことになりますよ」

「ただのお別れのハグだよ。やましい気持ちなんてない」

いつかどこかでこんなことがあったような気がするが……。

だが記憶を隅々まで探しても一致するものは見つからない。

「本当に大きくなったね。入学した頃の君が今の君を見ても将来の自分だって解らないだろう」

「解らない方が助かります。あの頃の俺が現状を知ったらきっと刺し殺しにかかるでしょうね」

「そうそう、あの頃の君は頑固で無謀な小さい子供だった。それがこんなにスーツの似合う強面の優男になるなんて……私の見立ては正しかった」

そう言って密香は達也の頭を再度抱き締める。いつまでこうしているのか訊きたいところだったが、これが最後なら密香の好きにさせてやろうという気持ちが勝った。

「ちょっとだけゲームの話をしよう。ハードウェアの限界が世界の限界を決めてきた。これは解るかな？」

「ドラクエのマップがどんどん広くなっていったのも容量が増えていったからですよね」

「そういうことだ。そして君も同じだよ」

奈良の街、越天学園……思えば随分と狭い世界に囚われてきた気がする。

「君は身も心も大きくなった。それに相応《ふさわ》しい世界が待ってるよ」

おそらくは達也がこの場所から出て行きたいと感じているのもそういうことなのだろう。

ここはもう自分には狭いのだ。

「京都という街はね、とても面白いんだよ。昔いた私が言うんだから間違いない。君が暴れたぐらいじゃビクともしないよ」

焚《た》きつけられているのは解っている。

「お陰様で牙も爪も抜けましたよ。今じゃすっかり飼い慣らされてます」

「どうだろう。抜けたのが乳歯なら本物が生えてくる。それに闘争はきっと君の性《さが》だよ」

「また何かに対して怒れる日が来るんでしょうか」

母親の死以来、ずっと何かに怒って生きてきた。それが達也の内燃機関になっていたのに、敗北してからは胸の炎が消えたままだ。またかつてのように戦えるとは思えないし、怒りの源泉が枯れてはどうしようもない。

「俺はもう燃えがらなんですよ。もう何も残っちゃいませんよ」

どこかで犬の吠える声がした気がした。

「……何も残ってないというのも思い込みかもしれないよ」

空耳だと思った声が徐々にはっきりと聞こえるようになり、やがて懐かしい姿が視界に飛び込んできた。

「ドラ！」

随分と薄汚れてはいるが、特に衰弱している様子もない。四年半あまりを一緒に過ごした相棒の生還の嬉しさに達也は手が汚れるのも構わずに撫でた。

「犬に負けるかねえ……」

だから嬉しさのあまりについ突き放してしまった密香のことを思い出すまでしばらくかかった。

「……こいつを洗って、また新しい小屋を準備してやらないといけませんね」

「理由を作ってまで出立を遅らせなくてもいいだろう。この子のことは私が面倒見るから君は京都に行くんだ。それにこの子もお別れを言いに来たんだと思うよ」

「ワン！」

同意するようにドラが吠える。あまりに間が良すぎて否定しづらい。

「ドラは離れても君の大事な友達だ。それはそれとして君は新しい友達を作るんだよ。折角、携帯電話だって持ったんだからね」

達也は黙ってポケットから携帯電話を取り出す。通話とメール以外の機能を切り捨てたような無骨な携帯電話だ。こんなもの無くてもいいと言い張ったのだが結局は持たされた。まるで首輪で繋がれた気分だ。どうせ実家との定時連絡でしか使わないだろうに。

「さあ、どうでしょう。友達の作り方なんて知りませんから……」

突然、手の中の携帯電話に着信が入る。当然のことながら知らない番号だ。密香が肩を竦《すく》めて「出なよ」と促すので、通話キーを押した。

「もしもし？」

『お前、同じ法学部に受かったのに連絡も寄越さないなんて薄情じゃねえか』

電話の相手は名乗りもせずにいきなりまくしたてた。だが達也にはそれが流だとすぐに解った。

この人の声は忘れない。忘れるものか。

「この番号はどこで？」

『瓶賀コネクションを甘く見るなよ』

密香が意味ありげに笑う。犯人はここにいた。

流の話は京都で双龍会《そうりゅうえ》というよく解らない催しをやるから加勢して欲しいという内容だったが、達也には何が何だかさっぱり解らなかった。

『忙しいから詳しく説明してる余裕はないが、要は論理と言葉の喧嘩だよ。そういうの得意だろ？』

達也は神や運命なんて信じていない。それでも確かに何かを感じた。

返事をしないことにじれたのか、流が妙に気弱な声を出す。

『……なあ、駄目か？』

俺を呼び戻してくれるのはやっぱりあなたなんですね。

達也は笑うと、電話口の向こうに向けてこう返事をした。

「今度は俺が世界の半分を差し上げますよ」

この短編集はかつて『NR』という奈良をテーマにした同人誌で発表していた作品の内四編を改題・改稿した上、書き下ろし二編を加えて書籍化したものです。

収録されている作品はどれも奈良市に住み、大和郡山市に通学していた私にとっては当たり前の光景を切り貼りして作られたものばかりですが、奈良に縁もゆかりもない方のノスタルジーを多少なりとも刺激できたのなら、私が奈良でどうでもいい青春を送ったことにも意味が出てくるというものです。

本書が世に出るにあたり様々な人のご協力がありました。イラストレーターのくまおり純《じゅん》様（講談社BOXの『ルヴォワール』シリーズ以来ですね）、デザイナーの川名《かわな》潤《じゅん》様、編集の平林緑萌様と丸茂智晴様、そして推薦コメントを寄せていただいた森見《もりみ》登美彦《とみひこ》様、ありがとうございます。

以下、各話解説です。本編の前にあとがきを読む方にも配慮して、核心に触れるようなネタばらしはなしで。

DRDR《ドラドラ》

専業作家になってから初めて書いた短編です。

あの頃は確か、ベッドで目覚める度に「そうか、朝起きて会社に行かなくていいんだ。オレはこれから好きなだけ作品のことを考えて生きられるんだ」と思っては手足をばたつかせておりました。それから円居挽という作家がどのくらい本を出したかを調べると、殊勝な気持ちなんてそんなものだということがおわかりいただけるでしょう。

とはいえこの作品に関しては一本の短編にそれなりの時間をかけてもいいことがとても嬉しくて、結構早めに提出できました（六月末〆切七月九日提出は早いのか？）。

ちなみに言うまでもないことかもしれませんが着想元は詠坂雄二《よみさかゆうじ》先生の『インサート・コイン（ズ）』です。「オレもああいうのやりたい」って思った結果ですが、書いてみると円居作品になるものですね。キャラとテーマと素材が見事に噛み合った快心の一作で、『ルヴォワール』シリーズの世界観を流用しているとはいえ、今でも円居挽の最高傑作短編だと自負しております。

本作に関しては謎と状況を先に設定した上でキャラ（＝達也）を放り込み、テーマを意識しながらキャラと一緒に着地点を探っていくという書き方をしたのですが、これ以上ないほど綺麗に決まりましたね。身も蓋もない言い方をすれば見切り発車なのですが、スタート時点でテーマ設定などがしっかりしてると案外どうにかなるものですよ（お試しあれ）。

専業作家になったお陰で書けた本作ですが、皮肉にも各雑誌で色んな作品を発表するようになったせいで、いつしか書き方をすっかり忘れてしまいました。まあ、どうやって書いたのかを分析・言語化して、身につくまで練習しなかったのも悪いのですが……人生はなかなかにままならないですね。

友達なんて怖くない

同人誌の〆切が迫っても良い切り口が浮かばず、「いっそ去年の設定を引き継いで学園もののシリーズにするか」と曖昧に思ってしまったせいで生まれた続編です。なのでこの時点では完全に架空の学園ものの外伝として書いてます（結局、本編は別の媒体で書くことになりましたが）。水姫と守哉は何となく配置したキャラですが、こいつらは本当に書きやすいですね。

梶山季之先生が西大寺第二ショッピングセンターについて書いていたという話は母親から聞いたもので、実は裏を取ってません。まあそれが別に瑕《きず》になるわけでなし、そういうあやふやさも含めてこの作品の味と思っていただければなと。

ちなみに越天学園の立地的なモデルは完全に我が母校ですが、別の高校の話も交ぜているのでイコールではありません。よその学校の話を聞くと買い食いすらアウトで、ゲーセンなんて寄ったら後で大変なことになるところもあったとか。まあ、それらの行為はどこの学校でも推奨されてはいないと思いますが、私は常習犯だったので……。

勇敢な君は六人目

奈良っ子としてはあやめ池遊園地の閉園とキャノンショットの閉店についてどこかで書いておきたくて、そんな理由で生まれたのが本作です。あやめ池遊園地の閉園が2004年、キャノンショットの閉店が2010年なのでまあ無理矢理合わせた感はありますね（勿論、奈良のアミューズメント施設の衰退という点では繋がってるのですが）。あと短編で登場キャラを増やしすぎるとコントロールが大変ということを学びました。全体的に詰め込みすぎの一作です。

ちなみに作中のデカレンジャーショーの話は私自身が体験した話で、「俺たちはこの遊園地の平和を二十九年間守り続けてきたんだ」という台詞を聞いた瞬間に異常に感動してしまった記憶があります。何せ、子供の頃からよく通った場所だったので……。

ただ、これが個人的な体験に根ざした感動なのは間違いないので、その時点でもうTwitterか『NR』でしか消化しようのない話でした。何より、この頃にはもう『NR』がご当地ネタの供養所になり始めた自覚がはっきりとありました。加えて前年の『NR』に前野《まえの》ひろみち先生の『ランボー怒りの改新』（後に星海社FICTIONSより刊行）という怪作を読んでしまったことで、「小説の舞台を奈良にしただけでは決して奈良を描いたとは言えないのでは？」という悩みが毒のように回り、以前ほど無邪気に奈良の話を書けなくなっていました（おそらく他の『NR』のメンバーも多かれ少なかれそういう思いは抱いていたのではないでしょうか。恐るべし、前野ひろみち)。

一応、このお話は2010年で成立するように書いてますが、作品の発表間隔が年単位で空く円居作品においてそういう運用をするのはあまりよろしくないので、まあ何かの参考だと思っていて下さい(何より作者からしてこの作品を書いたのが2014年という事実を受け入れたくないので)。

な・ら・らんど

2015年の夏に『NR』は今年で終わりです」という運びになり、結びっぽく書いてしまった一作。書いた当時は「なんか無理矢理にクローズしてしまったな」という後悔が残ったのですが、書籍化作業のために再読していたら「いや、別に無理に加筆してゴテゴテさせる必要はないな」と思い直しました。なので、とある登場人物の存在を〝彼女〟に置き換えたこと以外はほぼそのままです。決して〆切に追われて直す余裕がなかったとかそういうことはありません(本当です)。

自分で言ってしまいますが、円居挽の筆は「このテーマならこの切り口しかない!」となった時に怖いほど冴えます。が、反対に切り口が今ひとつと感じている時はいくらでもぼんやりするんですよね(するんですよねではない)。とはいえ今一つの状態でもそれなりになるというのは経験のお陰でしょう。あの当時、モチベーションが下がっていた状態でもどうにか完走できたことに安堵しておりました。

完全に余談ですが本作は提出が遅れに遅れ、「えっ、今からでもコミケに間に合うんですか？」というタイミングで提出した記憶があります。多分、翌年『ＮＲ』があっても落としていた気がするので色々な意味でここらが潮時だったのでしょう。

京終《アット・ワールズエンド》にて

書き下ろしその１。毎年場当たり的に書いてきた物語群を書籍化にあたって改めてちゃんとクローズしようということで書いた一編です。ちょうど本書の書籍化の打ち合わせがあった頃に映画の『ペンギン・ハイウェイ』を観たので、そこから着想を得ました（正気か？）。作品世界が崩壊するレベルでジャンルが変わってる気がしますが、こういうのもたまにはいいのではないでしょうか。

『京終《アット・ワールズエンド》にて』を書くにあたって「もう一度『ＤＲＤＲ』のような書き方をしたい」という気持ちがあったので、当時の記憶を無理矢理に掘り起こして分析し、ようやくノウハウを言語化できました。というわけで本作も『ＤＲＤＲ』と同様に、謎と状況を設定した上でキャラを放り込み、テーマに沿ってキャラクターと一緒に結論を探っていくという書き方をしたのですが……流石に六年も経つと小賢しい技術が身につくということが解りますね。まあ、あの頃には書きえなかったことを書いたという点では多いに意義があるのではないでしょうか。

お見舞いシーンに関しては小学校に上がる前、国立奈良病院に祖母をお見舞いに行った記憶があるので、それを参考にしながら書きました。今は市立病院になり、建て直されてかなり綺麗になっているようなので、行ったところで作中の雰囲気は伝わらないかもしれませんが、私はもう失われてしまったものを書くのが昔から大好きなので（この辺は本書でも一貫してますね）。

ところで今更気がついたのですが、私も達也ほどではありませんが昔のことばっかりよく憶えている方で、「あの時こんなことがあったよね」という話をいくらでもできるタイプの人間です（勿論、記憶なんていくらでも抜け落ちますし、何なら都合よく改変されたりもしますが）。そういえば私にも達也のように「あの時、あの人はどうしてあんな行動に出たのか」のような十年以上前の謎を時折思い出して、真面目に考えたりする癖があります。まあ、それで答えらしきものが見つかったところで私にしか価値はないわけですが、それこそ『ＤＲＤＲ』の達也のように少しだけ救われたりすることもあったりします。

人間、どうでもいいことは忘れてしまうといいますが、私にとっては自分にまつわる出来事はそれだけ重要なことなのでしょうね。そしてこの先も自分の過去を肴にし続けるんだと思います。

ふっかつのじゅもん

書き下ろしその2。『京終にて《アット・ワールズエンド》』で結びのつもりだったんですが、平林さんから「折角なので短めのエピローグ書きませんか?」という意見があって着手しました。色々と迷走してなかなか仕上がらなかったんですが、『ふっかつのじゅもん』というタイトルを思いついてからは一直線でしたね。短編集の締めくくりでもあり、デビュー作『丸太町ルヴォワール』へと繋がるプロローグでもある本作、結果的にはこれ抜きで本にするのは考えられないぐらいの一編に仕上がったと思います。

一つ一つ書いていたらかなり疲れたのでこんなところで。

ちなみに書き下ろしに関しては「えっ、これ二月刊に間に合うんですか?」という最悪のタイミングで提出しましたが、間に合わず三月刊になりました。悪化してますね。人間は簡単には変われないけど、それでも成長するし人生は続いていく……ちょうど本作のテーマっぽくまとまりましたね(無理矢理過ぎない?)。

というわけでまたどこかでお会いしましょう。

初出一覧

「ＤＲＤＲ《ドラドラ》」『ＮＲ２』（二〇一二年八月）
「友達なんて怖くない」『ＮＲ３』（二〇一三年八月）
「勇敢な君は六人目」『ＮＲ４』（二〇一四年八月）
「な・ら・らんど」『ＮＲ５』（二〇一五年八月）
「京終《アット・ワールズエンド》にて」書き下ろし
「ふっかつのじゅもん」書き下ろし

星海社
FICTIONS
マ4-01

さよならよ、こんにちは

2019年3月15日　第1刷発行　　定価はカバーに表示してあります

著　者 ―――――― 円居《まどい》挽《ばん》

発行者 ―――――― 藤崎《ふじさき》隆《たかし》・太田《おおた》克史《かつし》
編集担当 ――――― 平林《ひらばやし》緑萌《もえぎ》
編集副担当 ―――― 丸茂《まるも》智晴《ともはる》

発行所 ―――――― 株式会社星海社
〒112-0013 東京都文京区音羽1-17-14 音羽YKビル4F
TEL 03(6902)1730　FAX 03(6902)1731
https://www.seikaisha.co.jp/

発売元 ―――――― 株式会社講談社
〒112-8001 東京都文京区音羽2-12-21
販売 03(5395)5817　業務 03(5395)3615

印刷所 ―――――― 凸版印刷株式会社
製本所 ―――――― 加藤製本株式会社

ISBN978-4-06-515159-4　N.D.C.913 223P 19cm　Printed in Japan